CLAIR OBSCUR

Mardi

Mon cher Ami,

Tu vas être étonné de recevoir une lettre par la poste, venant de moi, alors que nous avons l'habitude de converser au téléphone. En ce moment je n'ai pas envie de parler, ayant des difficultés respiratoires et des douleurs fatigantes dans la poitrine. Donc je t'écris, en regardant par la fenêtre de ma chambre, d'où j'aperçois quelques immeubles, et leurs nombreuses ouvertures opaques, heureusement masquées par de grands arbres feuillus.

Non, je ne suis pas chez moi, mais dans un centre hospitalier, où j'ai été admis hier, afin d'effectuer différents examens et autres analyses. Cela me permet de faire un retour en arrière, alors que je n'ai jamais été malade, toujours été sportif, jamais pratiqué d'excès, voulant toujours être au mieux de ma forme. Ce qui fait que je n'accepte pas très bien cette situation, urgente ou pas, préconisée par mon médecin traitant. Par contre j'écoute ces personnes, qui ont fait des études et à priori, désirent mon bien, ce qui m'importe le plus.

Cela change ma vie, d'être pratiquement immobile et enfermé volontaire, avec l'attente des résultats et mon retour à la maison. J'ai pris un peu de temps pour me souvenir de mon arrivée dans ce village, il y a déjà plusieurs années, avec lequel j'ai eu une belle histoire d'amour, qui continue. Nous n'avions pas un goût particulier pour les vignes et le vin, mais le style et la tranquillité, l'amabilité de ses habitants, nous ont séduit. Nous avons toujours aimé le bon vin, et nous trouver dans ces vignobles, fut une grande joie. J'ai pu devenir ami avec certains vignerons et vivre leurs préoccupations de récoltes et de la vente, qui sont toujours une incertitude d'une année sur l'autre.

Les gens de la campagne, sont assez économes, pour la seule et bonne raison, qu'il faut tenir après une grêle dévastatrice ou une gelée de printemps, celles de mai étant la plus meurtrière, tu le sais. Comme leur patrimoine vient des différents héritages, ceux qui restent s'emploient à le faire durer, même avec les ennuis familiaux que causent souvent les partages.

Bien entendu quand on est salarié d'une entreprise ou fonctionnaire, on ne se pose pas les mêmes questions de vie. On pense que l'état, le reste éternellement, en bon état. L'entreprise, on y pense, on aime la savoir en bon état, ainsi nous permettre d'y rester, donc d'y gagner de quoi vivre, et pourquoi pas mieux chaque année. La retraite, nous considérons cela comme une fin et non pas un but, même si les employeurs, quels qu'ils soient, nous font sentir notre prochain départ, comme une délivrance.

Il y a trente six organismes qui nous conseillent de bien la préparer et veulent que nous restions en bonne santé. Sauf, peut-être la sécurité sociale, les ministères de la santé et les ministères de l'économie et de l'agriculture. Pour le ministère des sports, nous sommes de bons bénévoles en puissance, avec un peu d'entrainement on y arrive.

C'est vrai un retraité coûte cher quand il vieilli sainement ou a des maladies bénignes, il est économique quand il disparaît... Les caisses de retraite et leurs mutuelles affidées nous montrent tous les dangers de l'inactivité, mais tempèrent le fait que nous puissions être trop actifs. J'ai toujours considéré que nous devions rester actifs et impliqués dans la vie de nos concitoyens, même si cela se traduit par une ingérence du domaine privé.

Encore que cette ingérence, si elle existe réellement, ou ressentie comme telle, se fait souvent contre notre volonté, le modernisme et ses moyens de communication en sont la cause.

Il n'y a pas d'agressivité en quelque sorte, sur la vie d'autrui, plutôt la volonté de faire le bien, ce qui n'est pas forcément partagé, par chacun d'entre nous. Comme moi tu aimes apporter du mieux et faire que chacun puisse profiter, à égalité en toute fraternité, de ce qui peut être produit au niveau collectif, pour l'ensemble de la communauté.

Ce qui manque le plus, à tous, c'est la bonne information, dans tous les domaines. Qu'elles soient diffusées, expliquées et comprises, les informations de droit, de civisme, de gestion communale, de priorité et de capacité financière, reçoivent souvent un accueil mitigé. Trop souvent entachées d'intérêts politiques trop idéologiques, ou encore d'intérêts personnels et financiers, le but est rarement atteint.

Nous acceptons donc de vivre dans un compromis, qui malheureusement profite plus à certains qu'à d'autres. Les cloches de l'église sonnent-elles trop fort à chaque heure, le coq a-t-il le droit de vivre en plein air, les vaches de dégazer à proximité des habitations, bien d'autres tracasseries de voisinage, inhérentes à la vie au village.

Par contre, quand par un beau matin, de temps clair et ensoleillé, tu décides d'ouvrir ta fenêtre et profiter de l'air frais, il vaut mieux prendre quelques précautions. En effet ton voisin, homme de la terre et des vignes, arrive sur son tracteur avec une belle machine à l'arrière, qui envoie en l'air un nuage de pesticides et autres insecticides. Il est habillé comme un scaphandrier, un véritable zombie des temps moderne, c'est pour se protéger, en cause son métier. C'est vrai que de conduire cet engin, avec un casque sur la tête, pour écouter la radio ou de la musique, est vraiment pénible. Les insectes et tous les parasites se sont ligués contre ces gens vignerons, de père en fils, mais libres, sur leurs terres, patrimoine ancestral, qui doit durer, contre vents et marées, disait celui qui vivait de la mer.

Alors là, tu fermes ta fenêtre et te calfeutres à l'intérieur de ton chez toi, tu coupes la climatisation, qui ramasse les miasmes extérieurs et te les restitue amplifiés, faciles à inspirer. Inutile de vouloir déguster ton café dans le jardin, le vent t'apporte un parfum indésirable, il n'y est pour rien. Le mieux ce jour là, aurait été de partir en voiture, dans une forêt éloignée de toute activité, humainement agricole. Mais bon, tu attends, cela va s'arrêter. En effet une heure après tu sors, mais reste dans l'air cette odeur caractéristique, genre DDT.

Je me suis toujours dit que c'était un cas d'ingérence néfaste voire même assassine. Mon voisin n'est pas un assassin conscient, son député non plus, le sénateur est souvent issu lui-même de cette belle agriculture, le ministre de l'agriculture n'a pas pensé qu'un jour il prendrait une décision assassine. Non, tous ces gens n'ont aucune responsabilité individuelle, sauf celle de lever la main pour adopter une loi, celui qui fabrique le produit a payé un tas de conseillers politiques pour vendre sa sauce, l'élu est donc dans un droit acquis, d'irresponsabilité collective assassine.

Moi, j'ai subi et cela continue, ils m'ont empoisonné et je vais être obligé de prendre des traitements abominablement chers, pour essayer de sauver un peu de ma vie. Eux qui ont la volonté de la raccourcir, ne se soucient pas de tuer des hommes encore moins des abeilles, par contre ils ont des vétérinaires pour leurs bestiaux, très affutés.

Enfin, si j'en réchappe, crois-tu que je devrais combattre ce voisin, ou celui qui le représente, ou ceux qui vendent et fabriquent ces poisons trop largement diffusés.

Si je n'en réchappe pas, tu leur diras que tu ne les remercies pas de nous avoir séparés ainsi, définitivement, aussi prématurément. A une prochaine…

Vendredi

Cela fait quelques heures que j'ai eu la confirmation de ma maladie. Tu sais le genre de nouvelle indispensable à ta survie. Ben ça y est, les poumons sont touchés, et aussi le cerveau, du fait d'une métastase qui aurait pris la tangente, préférant voyager. Les voyages ont parait-il toujours été bénéfiques, disait Montaigne, pourtant ce brave homme souffrait le martyr sur son bourrin, mais il adorait se déplacer. Comme à son époque les chemins n'étaient pas tous carrossables, il valait mieux emprunter le quatre cylindres crottin. Lui avait la chance de respirer un air frais et clair, d'admirer son environnement, d'en ressentir les odeurs et les parfums, même que le fumier avait une présence rassurante, puisqu'il rapprochait du cheval et du maître.

Je pense à lui et sa chute de cheval, il faillit y laisser sa peau, surtout avec l'équipe de bras cassés qui l'accompagnait. Heureusement il avait une bonne « couscouille » comme on disait à son époque en occitan, et la volonté de la résistance à la mort, il en conviendra par la suite. Le plus marrant, dans sa philosophie bienveillante (il paraît qu'elle devrait toujours être ainsi), était qu'il entendait tout ce qui se disait autour de lui. Déjà chacun, y compris le curé, y allait de son de profundis, pleurant ou non ce grand homme. C'est fou ce qu'on grandit dans ces cas là, on nous allonge plutôt que de nous l'allonger, la vie. Mais le Diafoirus du coin et quelques tisanes et autres compresses, lui permirent de survivre, après un temps qu'il trouva très long.

Je ne veux pas te charger avec ces considérations antiphilosophiques, n'ayant pas eu le bonheur d'être un philosophe reconnu, n'y ayant jamais prétendu. Le gars qui peut te prédire un avenir, sur des exemples du passé, n'est pas prétentieux, mais souvent très naïf ou intéressé. Je verrais bien le mec pratiquant le Yoga, perché en équilibre, les pieds au ciel et la tête en bas. Ainsi ils disposeraient d'un regard très terre à terre, mesurant l'épaisseur de la semelle de tes sandales, de leur usure et du temps qu'il te resterait avant d'aller nu-pieds.

D'autres soulèveraient des cailloux, petits ou plus gros, déterminant l'humidité croissante qui avait permis au coléoptère surpris, de se tenir à l'abri des intempéries, sauf celles des hommes. Pour eux, on pourrait dire, un temps péris, mais encore faudrait-il qu'ils en aient le style, ce qui leur promet une entrée, faute de sortie.

Autant te dire mon ami que je suis en plein Annapurna de la compréhension de mon état, physique, physiologique et mental. Même si le gars qui soulève les pierres veut être rassurant, il pense que je n'en ai plus beaucoup sous la semelle. Tout au moins ce sont les commentaires du personnel, toujours très qualifié et attentionné, qui jette des cailloux, que même un petit pousserait difficilement, tant ils te paraissent de plus en plus énormes à soulever.

Tu me diras j'ai fait la plus grosse partie du chemin, à soixante dix balais passés, le reste du parcours s'est rétréci, encore que je n'ai jamais eu de chagrin à ce point. Moi qui n'ai jamais fumé, ou bu d'alcool que modérément, toujours fait mes marches à grand train, avec une bonne récupération, je n'en reviens que difficilement, quant au diagnostic.

Les analyses sont formelles, donc indiscutables puisque scientifiques, là s'arrête la considération humaine, sur la capacité de modifier le mauvais sang qui vient d'être reconnu.

Je ne peux pas me faire de bile, on me l'avait enlevé il y a quelques années, pour m'éviter des calculs, alors que je n'avais jamais été qu'un médiocre matheux. Là encore sur la foi, d'un foie défectueux ou non, le duo des deux avait des ratées, sans leurs donner des noms.

Quand ils m'ont annoncé la nouvelle, comme cela au débotté, à peine réveillé, au pied du lit, ils faisaient un duo dont l'épigastre se serait bien marré en d'autres temps. Mais là je me retrouvais tel le gastéropode qui allait en baver, des ronds de chapeau, pour les heures et les jours, et des jours, à mener une bave de crapaud qui ne glissait plus.

On te dit vous êtes assis sur un oursin, pour le moment seul votre postérieur en est conscient, tu sens tes antérieurs qui faiblissent, mais c'est l'intérieur qui se charge des épines. Ils te disent même que ce n'est pas la peine d'ouvrir l'oursin, ils savent ce qu'il y a dedans, les languettes sont stériles, le goût n'en vaut pas la chandelle.

Là tu vois le cierge et la procession, les deux enfants de cœur qui sont au pied du lit, se transforment en enfants de salauds.

Tu aperçois sur leurs propos, les pustules du crapaud, et n'a qu'une envie, les voir sauter hors de ta vue.

Pour les potions magiques et les tisanes on est loin du père Montaigne et de sa « mamette » qui va compresser tout ça. Le compressé je le suis, là, abattu mais avec une seule envie, fuir ce lieu inhospitalier. La vie semble soudain s'arrêter, le regard cherchant la sortie, il ne rencontre que du vide, la porte n'existe plus, les fenêtres n'ont plus cet aspect du dehors, elles ont perdus leurs vitrages. Alors je me lève péniblement et va vers la glace, au-dessus du lavabo, tu crois regarder ton image, tu aimerais que ce soit celle d'hier ou même avant-hier, celle à laquelle tu ne trouvais rien à redire. On s'habitue avec les rides du passé, elles ont cet aspect rieur et plissent au coin des yeux, là où elles ont ri de joie quelquefois.

Mon ami, elles ont disparue, ton regard aussi a plongé dans un abîme sans fond, il cherche dans l'absolu du tain, un reflet divin, une envie de te sourire, même avec cette grosse larme qui perle lentement en son coin d'œil. Tu penses à toi et bien entendu ceux qui t'entourent, que tu aimes et qui t'aiment. Tu sais on peut être absent dans le miroir, en regardant sans se voir. Tu cherches une vivacité lumineuse, elle s'est perdue au fond d'un soir. Pardi c'est bien sûr, je suis en un lieu où la lumière ne fait pas le jour, pas même sur cette vitre dont le tain est certainement fatigué, évidemment je n'ai pas cette sale gueule d'habitude.

Demain c'est samedi, je pourrais sortir, prendre l'air, retrouver ma maison et sa présence douillette, après tout s'il n'y a pas grand-chose à faire, autant me donner une survie.

Ils ont dans ce milieu dit hospitalier, une prétention telle, pour ton bien, de vouloir en faire plus, ne serait-ce qu'à l'abri d'ici, te protégeant de l'au-delà. Car tu es dans un tel état que tu irais joyeusement te jeter dans un piège mortel, ton subconscient étant altéré, tes divagations certaines. A leurs yeux, ils veulent te garder à vue, cloué dans ton plumard ou bien encore assis dans cette chaise inconfortable, regardant quoi, je me le demande.

Lire une belle histoire, avec le sophrologue, un gars qui sait parler, qui a lu et appris, que si ton évasion psychologique est bien faite, tes douleurs disparaissent. Une magie organisée, à laquelle je dois être imperméable, puisque j'avais un entendement endommagé, qui ne pouvait créer des univers inaccessibles.

Je suis certain par contre, de retrouver une part de rêve, dans mes souvenirs, avec un environnement familier, les meubles de chez moi, les objets ou les gravures, les peintures, tout ce qui m'a fait grandir et ressemble à mes amis et ma famille.

Ici ils m'aiment trop et veulent me garder, en observation. L'idéal du cobaye est son inconscience ou sa soumission. Là, ils me donnent de quoi me soulager et je pars dans cette euphorie de l'absence de douleur. Ça dure quelques temps, et on renouvelle, tu deviens dépendant et te soumets. Il fut un temps où la souffrance assourdissait les infirmières, entraînant des surdités soudaines, par saturation, à tous les maux de l'individu qui hurlait.

J'ai la télé et la poire, je garde le ZAP total, sur mon cerveau et mon bien être.

Lundi

Bon sang, quelle fin de semaine, à essayer de se distraire. Ma femme est venue pour pleurer un peu avec moi, mais aussi m'apportant des bricoles de chez nous. Pas facile de lui dire que rien ne m'intéressait. Mais j'étais content tout de même, d'avoir sa présence surtout, elle me suffisait, par contre pour elle je ne suis pas très agréable, je n'éprouve pas le besoin d'exprimer quoi que ce soit. Bien sûr je lui ai dit que je l'aimais, que j'aimais lui tenir la main, la sentir vers moi, que ce livre je finirais de le lire. Bien sûr je suis aimant, mais combien replié sur moi-même, sinon absent de ce qui m'entoure, psychologiquement.

Je la regarde distraitement, me dit qu'elle va restée seule et qu'il faut que nous abordions ce sujet sereinement, enfin essayer, pour prévoir et qu'elle ne soit pas trop prise au dépourvue. Elle ne veut pas en parler. On verra, pour le moment je suis là, la suite c'est de vivre ensemble encore et encore, chaque chose en son temps. Tu vois comme c'est difficile de se dire la fin et parler des moyens, quand l'un des deux considère que cela ne se justifie pas.

Mardi

Je suis en neurologie, au cas où je divague un peu plus que d'habitude. Je vais probablement rencontrer un PSY ou un NEUNEU, qui va m'expliquer gentiment que je ne dois pas m'inquiéter. Qu'il a la certitude de trouver les bonnes solutions, si je coopère et ajoute de la volonté dans mon attitude. Nous allons partager une évolution pathologique, pas trop logique pour moi, davantage pour son protocole. Tu vois bien qu'il va appliquer des remèdes et des formules, déjà éprouvés, qui ont emmenés à la destination fatale, tous ceux qui en ont bénéficié.

Dans ce bilan du passif, le crédit est dans l'actif, la dette ne peut pas arriver à s'équilibrer, sauf à imaginer une solution miraculeuse. Je suis retourné vers le miroir, histoire de me comprendre et de m'admettre, ma gueule de travers, enfin celle que j'aperçois. Mon regard était plus affûté, j'ai scruté le changement, d'abord les dents, la brosse a rempli son devoir, les cheveux, un autre coup de brosse, pas la même, je fais encore la différence. Pour la barbe le rasoir électrique n'y a vu que du feu, il y avait toujours du poil à ratiboiser, j'ai rafraichi le tout à l'eau froide, quel bien cela m'a fait ! Tu ne peux pas imaginer le plaisir que j'y ai pris, je me suis trouvé comme DAB, en pleine forme. Super matinée, j'ai bouquiné, fait des mots croisés sans dico, regardé par la fenêtre, les autres de l'immeuble en face, et puis en bas dans la cour, les arbres maigrelets, les buissons rachitiques et l'herbe en recherche de soleil.

Heureusement nous avons des moments d'euphorie qui nous réconcilient avec nous et notre envie d'être, inconsciemment bien entendu, peut-être une volonté indicible, viscérale, et là tu te dis ça va aller. J'ai toujours surmonté les difficultés, pourquoi pas celle-là, après tout je ne suis qu'un animal à cerveau pensant, donc je dois pouvoir agir sur mon corps. C'est là que tu te vois en rêve sauter les haies, embrasser les vaches, bêlant avec les loups, les ondes sont positives et désordonnées, tu te sens revivre. Je l'attends le Psy, il va voir de quel bois je me chauffe, faut pas qu'il me prenne pour une bille, j'ai pas mal roulé, anticipant les effets secondaires.

Mercredi

Comme Psy, on m'a dit que c'était une femme, qu'elle s'excusait de ne pas avoir pu me voir hier, mais elle sera là en début d'après-midi. Je n'en ai jamais vu de ma vie. Quelle sera son allure, son langage et son sourire. Oui, tu remarques ma misogynie qui s'attache à ne regarder qu'une femme, et pas forcément un médecin, ayant un bagage et un degré d'analyse, capable de me comprendre et de me faire accepter son professionnalisme. Tu as certainement raison, on ne se refait pas, mais j'ai un à priori légitime, quant à sa qualité de femme, voire même de mère, qui s'ingénie à répondre familialement, à des problèmes courant de la vie humaine. Donc la mienne, n'est pas plus ou moins intéressante qu'une autre, bien que j'aie eu à me confronter aux services hospitaliers au cours de ma profession.

J'avais fait des expertises de dégâts internes dans des hôpitaux, jamais de bons moments, surtout pour se faire comprendre des administratifs. Ils ne comprennent rien au coût global, trouve qu'on en fait trop, mais le directeur est toujours très largement payé ; vingt fois le salaire d'une aide soignante, dans la fonction publique.

Quand toutes ces personnes sont mobilisées, pour le bien-être des patients et des malades, on leur objecte l'argent, le temps, leur lenteur, ou la mauvaise volonté, jamais la bonne raison. Je n'ai jamais eu de satisfaction à remettre un rapport et ses conclusions, à des gens qui sont dans le refus systématique de la reconnaissance professionnelle. La mienne, ils la jugent à l'aune de celle qu'ils ont pour l'ensemble du personnel. Pour le moment, ici, je suis satisfait des traitements et de la gentillesse des soignants.

Jeudi

Quand j'étais enfant, c'était le jour des gosses. Mais hier c'était celui de la Neuro-psy ! Une femme charmante et compétente. Son âge vers les cinquante, une voix chaude et douce, agréable à entendre et rieuse. Prenant tout ce que je lui disais au sérieux, puis me montrant des angles de vue auxquels je ne pouvais pas penser. Nous nous sommes raconté nos vies, surtout la mienne. J'avais envie de tout lui raconter et en même temps je découvrais que je ne l'avais jamais entrepris. Se raconter quelle idiotie, cela n'intéresse personne, à part moi et ma femme, mais elle que pouvait-elle en tirer ? J'avais cette certitude qu'il lui fallait m'écouter, et elle me disait qu'elle avait aussi un enfant, et ainsi de suite. De fil en aiguille je n'avais d'elle qu'un aperçu rudimentaire. C'était tout de même agréable, pas inattendu, puisque je me suis prêté volontiers à toutes les réponses.

Elle me fait découvrir certaines qualités et les défauts qu'elle perçoit en moi. Je n'ai jamais eu le temps de me poser des questions sur mon enfance, mes parents et ma famille en général. Bien sûr on a tendance à vouloir que notre enfant soit mieux et donc c'est le seul que je me permets de critiquer un peu.

Tu comprends bien que pour critiquer les autres, il eut fallut que je fasse la mienne, je suis bien trop hypocrite et faible, pour être suffisamment objectif, en autocritique.

Je crois que j'ai autre chose à penser. Si je remonte je vais me mettre en colère et avoir des regrets, enfin quelque chose comme ça. Tu sais il y a toujours une bricole qui traîne, que tu n'as jamais digérée, ce n'est pas le moment d'avoir des calculs. Faut pas compter sur moi, pour imaginer un voyage virtuel, dans un lieu paradisiaque ou à la campagne, non, je vis, j'ai, point…

Je me demande à partir de quel moment on ne fait plus appel à notre intelligence. Est-ce que je les ai rencontré, les avons-nous rencontrés, nos anciens peut-être, ceux qui ont déterminé l'intelligence. Ils l'avaient attribuée à l'homme, les animaux en étaient donc exclus. Faire la bête n'avait qu'un seul sens, celui de ne pas en avoir ou de vouloir qu'il en soit ainsi. La femme faisait souvent la bête, censée qu'elle était de ne pas détenir une intelligence certaine.

Les animaux ont-ils évolué au point d'obtenir une considération sur leur capacité à s'organiser ou à chasser, à choisir une dépendance ou s'en servir comme arme sournoise ?

Si la caresse se faisait, avec l'intelligence de celui qui pense, vers celui ou celle qui subit, l'homme resterait vraisemblablement l'être suprême dans le raisonnement, corollaire de l'intelligence.

Mais dans ce cas de la main baladeuse, la femme semblerait à égalité, même plus fine et câline, donc observatrice du besoin de l'autre.

Cette intelligence masculine flatteuse et dominatrice pourrait donc s'opposer à celle, très féminine de l'adoration et de la louange, l'indifférence n'étant plus de mise.

Chacun a donc ce ressenti significatif d'une détermination, retrouvant le but de l'intelligence et sa nécessité de compréhension mutuelle. Le plus cruel peut côtoyer la douceur, seul dans sa petite réflexion, chacun garde une capacité de nuire en bonne intelligence.

Ce qui indispose de nos jours dans cette relation animale, est le manque de rapidité de ces êtres qui passeraient leur temps à raisonner, entraînant une lenteur dommageable, dans l'exécution groupée.

Pour que le rapport au temps et à l'argent, au gain et à ses moyens, soit un élément productif, il serait donc nécessaire de déléguer cette intelligence, artificiellement. Le seul inconvénient serait qu'elle puisse apporter à des individus des connaissances immédiatement applicables, avec cette réflexion augmentée, d'un appareil ou d'une puce, lié à une tablette tactile.

L'intelligence ne pourrait plus suffire, il faut donc du virtuel, créer de l'informel, et le formaliser en temps que réel apparent, dans une complexité artificielle, dont l'intelligence ne rencontrerait plus que l'exécutant.

C'est pour cela que nous avons rencontré internet, ses nouvelles fausses, ses tromperies et ses fourvoiements, puisque l'humain avait rejoint la bêtise, devenant le colporteur du rien, ajouté à d'autres riens, mais qui feraient un tout acceptable.

Faudrait-il de la raison nous amener à ouvrir portes et fenêtres, ces dernières pouvant encore se refermer, même se claquemurer. Ainsi le cerveau aéré de la vision extérieure, donnera à notre vue, cet équilibre nécessaire, pour que nous continuions de reposer sur deux pieds.

Le pied, le prendre c'est intelligent et moins bête qu'il n'y paraît, surtout l'un après l'autre, puisqu'au pluriel, il se dit depuis toujours, que tel l'animal ils raisonnent ou résonnent selon qu'on le tape ou qu'on s'en tape.

Pour le moment ce n'est pas avec la PSY que je vais prendre mon pied, ni même quelqu'un d'autre. Je suis déjà heureux de me suffire et de persévérer vers l'équilibre, celui de ma vie. Quand on parle d'inconscient et que l'esprit se montre, cela veut dire que les âneries peuvent défiler à satisfaction, puisque je pourrais encore en rire. Je n'ai pas l'intention d'en pleurer, mais voir pleurer me met mal à l'aise et me peine.

Tu vois, mon ami, dès que je me mets à gamberger, je ressens un pessimisme latent, ce qui n'est pas dans mon tempérament. J'ai toujours été heureux de la réussite des autres, considérant que cela ne pouvait que m'être bénéfique. On n'y arrive jamais tout seul, mais là je dois compter aussi sur les autres. Je n'ai pas envie de souffrir de trop, car je souffrirai certainement, physiquement et moralement. Le physique je pense pouvoir m'en arranger avec des calmants et des drogues, dispensés dans ces lieux pour mon mieux être.

Qu'en sera-t-il de mon cerveau et de ses réactions négatives ou positives, comment le raisonner s'il détermine que le mal est plus important que ma pensée.

Va falloir se battre aussi avec ça, les cellules grises peuvent-elles être containérisées, de manière à les isoler. Si l'une est joyeuse je ne lui refuse pas le passage, mais dans l'autre sens, y aura-t-il un droit, comme l'octroi devant le pont levis. Tu franchis le seuil, tu vois l'entrée, mais tu crains la herse, alors tu acquittes, avant de quitter. Je ne suis pas certain d'aimer ces moments d'incertitude, sauf si j'ai la solution à portée de main, mais attendre qu'elle vienne de celle qui encaisse et dispense. Y a comme un faux quelque part, conflit d'intérêt, la perceptrice a des armes inconnues.

Tu vois ce que je veux dire. A chaque fois que je sauterai une étape, la question sera de savoir si c'était bien comme ça, ou s'il valait mieux avoir un train de gastéropode, quitte à en baver un peu.

On verra bien.

Vendredi

Déjà huit jours de stationnement dans cette chambre. J'y suis seul, la crainte d'être mal accompagné, et aussi les moyens de pouvoir me l'offrir. Quand je rencontre quelqu'un dans un couloir, je dis bonjour mais pas plus. Tu vois le gars qui te demande comment ça va, si tu réponds, et toi, ce n'est pas correcte, ni sérieux ; on sait pourquoi on campe ici. Chacun son tipi et son calumet, faut pas essayer d'enfumer l'autre, d'autant qu'il a les mêmes signaux, et qu'il les voit de loin. Donc je passe au bord du canyon, j'évite de croiser le fer à roulette, tu sais le machin qui est relié à ton corps et qui a une grande tige à roulette. Nous avons ce déambulateur, c'est le témoin et compagnon, tout l'art reste dans la dextérité à montrer qu'on s'en moque un peu.

Si j'avais à répondre en permanence à un voisin j'en aurais vite marre, sans oublier ses visiteurs, avec cette politesse affectée, « vous aussi, c'est pareil, vous y êtes branché, vous surmontez, etc. », autant ne rien entendre. Si tu te pleins cela empoisonne tout le monde, si tu le prends à la rigolade, cela risque d'entraîner une déconsidération contagieuse, néfaste pour le parent qu'ils sont venus voir.

A la télé il parle de robot accompagnateur pour retraités et autres vieux copain d'Aloïs, le gars qui a hissé la sénilité au rang de maladie pour mieux la curer. Il parait que même un curé ne reconnaitrait pas ses ouailles, alors un médoc pour arrêter la chute, ils se sont dit que le robot, ça pense pas, boit pas et dors pas. Tu te vois avec un éveillé permanent qui te regarde mécaniquement, avec son œil de verre inexpressif, sa bouche à lèvre d'otarie, et qui connaît des réponses, à des questions que tu ne t'es même pas posées. Insupportable le monocorde avec sa monoculture, s'il en a, ce serait bien pour les mots croisés.

Ils appellent ça l'intelligence artificielle. Tu crois qu'ils auraient pensé à mettre une puce à un perroquet, ça aurait fait un cacatoès augmenté. Au moins on aurait un objet volant identifié. D'accord ça casse des petites graines, et ça défèque aussi, ça sent, normal c'est animal. Mais tu vois un gars qui a perdu la boussole, l'odeur du cacatoès revenant du cabinet, le gars ça lui parle, les neurones sont branchés pile sur la lunette à chasse ouverte, depuis l'enfance.

Tu sais bien qu'on n'oublie pas les odeurs, qu'il peut y avoir confusion, surtout si le gars file à la pâtisserie parce qu'il a une courante. Le genre de souvenir d'un gâteau qui a eu des conséquences néfastes, ou alors le Glough du « 'Père Noël est une Ordure », mais avec la statistique, c'est un sur 10 000. Moi ce que j'en dis c'est côté humain, voire animal au contact.

C'est un truc fabuleux le parfum, surtout quand tu es initié et au parfum, ça ne s'invente pas cette mémoire. Tu fais la connexion cognitive, tel l'esclave, sans la corvée, l'effluve du souvenir.

Le robot, blanc comme un cachet d'aspirine, il ne peut même pas te dire que quand tu pètes ça schlingue, alors que l'entourage s'en fout aussi, vu qu'ils ont passé un tour, sauf les aides soignantes. Ces ingénieurs nous en veulent d'exister, d'être des humains ; remarque que ces chercheurs en dynamique informatique, sont-ce encore des humains ? Comme ils sont encaqués dans un milieu à horizon bouclé, ils ne peuvent plus communiquer qu'avec leur tablette, par message codifié, un véritable lavage de cerveau.

Tu lui dis que tu n'as pas de croyance, que tu « bouddhisterais » bien un peu, sans bouder ton plaisir de ne pas avoir de dieu de référence. Le robot faut qu'il décode en partant du charcutier et son boudin, noir ou blanc, pour un robot chinois tu franchis la ligne jaune. Rapport au cochon il comprend illico que tu n'es pas au Coran ou au Talmud, végétarien non plus donc que faire de Vishnou et de Bouddha.

Tu te rends compte de la conversation d'un gars qui a perdu la boule, avec une machine à répondre, alors que le mec a oublié qu'il était là. Faut faire un robot suiveur, le patient en wifi sur les godasses.

Encore que s'il marche dans une flaque d'eau, la boite de conserve va plonger, toute sa tête, au bord du trottoir, coincée dans l'évacuation d'égout, quel cauchemar pour les assureurs.

Oui faut penser à ces pauvres gens, les rois de la statistique du risque, les seuls qui quantifient la connerie humaine ramenée à ses inventions, à communication artificielle. C'est le seul endroit où peu de gens ont accès, les statistiques des assureurs en matière de risques, avant et après. Quand tu fais venir l'agent et qu'il regarde s'il peut t'assurer, c'est par référence et expérience, de plus il a l'algorithme des aléas, qui l'amène à une certitude, celle du doute compris et analysé. Il te dit combien ça coûte et salut les copains. Enfin tu es ami avec lui, tant que tu n'as pas de pépin, car là, il découvre que tu as une maison avec un toit et des portes et fenêtres, sauf que quand il était venu il y a longtemps, s'il est passé, il n'avait pas constaté certaines anomalies.

Soit tu l'as trompé, soit il s'est fourvoyé, mais l'un comme l'autre sont à dires d'experts. Un cowboy de la non reconnaissance, même son père il ne sait plus qui il est, il a une benne de NON, dans sa besace. Et puis il lève la tête, voit une ligne à haute tension à cinquante mètres, et te demande si elle était là il y a dix ans. Ben non, et tu ne pouvais pas penser qu'il fallait lui signaler, elle ne passe pas chez toi. La compagnie d'assurance sait que la grêle suit des couloirs, de préférence quand c'est balisé par EDF, avec ses grands poteaux et ses câbles qui ne transportent pas que de l'électricité.

Ou si, mais avec des émissions électromagnétiques dérisoires et inoffensives, à dires d'experts de EDF, sauf pour tes tuiles, et là c'est la tuile, pour l'assureur. L'avantage dans ce cas là, c'est qu'il ne te dira jamais pourquoi ton risque est aggravé. Car il assure ailleurs le même RER du courant nationalisé, il se la ferme.

C'est pourquoi ce robot accompagnateur, qui va décharger les inhumains et enrichir quelques capitalistes et autres sous fifres, aura des conséquences inattendues quand il y aura le gros pépin. En attendant, ils vont tout faire pour le tester et le passer à la télé, avec une bande de gogos le sourire béat, qui vont se satisfaire de passer sur le petit écran. La journaliste demandera au robot s'il est content de son vieux ou de son patient, si en tant que machine à travailler du chapeau artificiel, s'il est à la CGT, qu'il a droit à un temps de repos, éventuellement sécher une cibiche virtuelle.

Le côté empathique du journalisme à la française avec une pointe anglo-saxonne d'hypocrisie, dans le souci de cette information dirigées et payantes. Le bon peuple, affolé par la tragédie de l'exploitation éhontée, de cette petite machine fragile, qui perd des boulons, manque d'huile aux articulations, la tête qui se dévisse, l'œil qui tourne. Il est surexploité par un vieux grigou, avec sa zapette et ses boutons, qui a une partie du cerveau à l'ouest, mais sait s'amuser de la bestiole métallique. Il appelle même les copains pour passer un bon moment en faisant valser ce mignon robot.

Lundi

Cette fin de semaine, j'ai pu sortir avec ma femme et mon fils, qui est arrivé d'Amérique. Il vit là-bas où tout est merveilleusement mieux qu'ici. Médicalement il reconnaît que nous sommes bons, mais y a mieux. Accueil et maintenance interne de l'hôpital, des progrès sont à faire, car leurs établissements regorgent de toute la technologie moderne, à la disposition du personnel, mais aussi des malades. Je n'arrive pas à le croire, faudrait que la démonstration soit chiffrée et comparative, pas le temps, il a le bénéfice du doute.

Par contre aux USA, sur le plan psychologique, ils nous dépasseraient de cents coudées. Les coudées c'est mieux dans ces pays à miles, même Miles Devis que je préfère, qu'il dévisse ou non, et puis leurs coudées sont franches. Alors qu'ici faut jouer des coudes pour avoir des infos cohérentes, intelligibles et sans détour.

Il a oublié ce que sont les chemins vicinaux, bordés d'arbres et de verdure, goudronnés et empruntant de jolis ponts médiévaux, ou même plus récents, avec des murets en pierres. Il a estompé de son raisonnement, les virages sans visibilité, ceux qui te font découvrir des sites merveilleux, des gorges profondes, des eaux chantantes, des sommets enneigés, ou bien encore un petit lac et sa berge tranquille.

Là bas, la ligne doit être directe, paf dans le pif, circulez, regardez devant, y a rien sur les côtés, droit dans la mare de tous les canards. Dès que tu te représentes l'Amérique, c'est obligatoirement la transparence qui doit rejaillir, par opposition à notre opacité gangréneuse.

Ici, on nous donne l'éponge, le chiffon et montre la vitre à essuyer, de le faire gentiment, faut pas brusquer la buée, attendre la clarté révélée, là, derrière le carreau. Tandis que dans ces contrées lointaines où le « Time is Money », le gars casse la vitre, défonce la porte, aspire la buée, et te fais pisser par la fenêtre.

Personnellement je n'en crois pas un mot, enfin un quand même, comme ici, conservant la naïveté de l'existence de l'être humain, de ses faiblesses et ses qualités. Probablement que le gars d'origine Sioux ne peut pas penser comme un arriviste Irlandais, mais chacun peut quelquefois avoir une réaction sympathique. Je pencherais davantage pour le Sioux, ses instincts humains et ses potions non comprimées, dans une approche holistique, des problèmes humains.

Y a pas de western à la télé, y a que la policière de service, qui dit youyou quand elle arrive chez les gens. Le jour où tu rencontres un gendarme avec ce vocable oral, de la facture de la folle dansante, tu te dis que la gendarmerie est dans un drôle de pas, mais pas cadencé. Tu me diras ils les habillent presque comme tout le monde, adieu l'uniforme ou presque. Tandis qu'un Cheyenne qui attaque une tunique bleue, et lui prend son scalp, ça a de ces allures enjouées, tellement le gars est content de pouvoir changer de perruque. Remarque au pays des Navajos ils arrivent à dix bagnoles estampillées, pour attrapé un pauvre gars, qui n'a même pas le temps d'armer sa pétoire.

D'accord ce ne sont pas tous des amérindiens, les plus sauvages sont dans les bureaux et l'administration, ils ne voient plus leurs squaw que pour les sauter. La barbarie, ce vieux mot, qui n'a jamais désigné que des contrées et leurs habitants, dont on ne connaissait rien, restait un mot simple pour parler des autres. Ceux qui, somme toute, ne pouvaient pas nous ressembler. Alors que là, les barbares sont nos sosies, enfin on pourrait les croire ainsi, mais ce n'est pas du tout le cas, bien que nos élites essayent de leur ressembler.

Je dis les élites, mais pas qu'eux, car s'ils sont premiers de cordée, y a un tas de maîtres queue qui font la file indienne et motive astucieusement, l'intelligence de la barbarie. D'ailleurs ils sont convaincus du partage, mais ne sont pas d'accord sur le bien à lotir, et l'écot à y apporter, ils sont sur l'écho et n'avance qu'au retour du son, et enfourchent leur cheval d'arçon, la cédille étant placé en dessous, pour garder l'assiette pleine.

Mardi/mercredi

Hier j'étais très mal et n'avais envie de rien. Pas manger, ni parler, encore moins voir quelqu'un, pas me raser ni me laver non plus. Je me suis mis dans le fauteuil et regardé la télé, mais ne me rappelle de rien, cela ne m'intéressait pas.

Les infirmières sont venues me secouer un peu, mais ont compris que ce n'était pas la peine, ce traitement me fout par terre. Quelle fatigue et pas envie de dormir, même pas du tout, j'avais l'angoisse de ne plus me réveiller.

Tu sais que je redoute l'anesthésie, ce truc sympa qui t'empêche de souffrir, mais te donne une gueule de bois pas possible au réveil, le coltard complet. Moi, quand je vois le mec qui vient me piquer et compte avec lui, j'ai la certitude de dire adieu à tout le monde.

Le reste on s'en moque, on ne sent plus rien, mais là, sur le moment, la piqure est mentalement insupportable. Tu deviens à leur merci, dépendant de tous et plus de toi, ton existence entre parenthèse, même plus contrariant, inopérant. Le gars qui opère veut que tu te réveilles, il y tient, dit que tout s'est bien passé, normalement, il est soulagé, maintenant il s'en va et tu peux disparaître, ce n'est plus son patient. Ils ne sont pas tous comme ça, mais tu peux le ressentir ainsi, même s'il passe le lendemain matin, pour être rassuré. Il ne peut pas prendre des temps indéfinis pour causer, il a d'autres gars qui ont encore le ventre à l'air en salle d'opération. Il n'empêche que le patient a cette frustration de contact avec celui à qui il a donné le droit de lui ôter un bout de barbaque. Encore que pour la vésicule il t'amène les cailloux dans un bocal, et s'esclaffe du plus gros en le traitant de calot, comme quand nous jouions aux billes.

Quand tu regardes la télé dans la journée, le matin il y a des documentaires et des infos entassées, répétitives, inexpressives, ils ont des tronches à faire peur, ils doivent bien se marrer, mais jamais devant toi. Ils naviguent à expression plate comme l'écran. Un ton monocorde et sans relief, des mots tout tracés, des questions plus idiotes au fur et à mesure de l'évènement relaté, engageant des réponses creuses. Tu n'apprends rien d'intelligent, c'est fait pour te bourrer l'esprit, si tu restes devant, donc tu zappes vers des jeux. Pareil pour les questions toutes les mêmes, et la réponse est donnée par un ordinateur ou un animateur, qui lit un prompteur, sauf s'il connaissait la réponse.

J'aurais pu lire ce bouquin, que j'ai entamé depuis un mois, mais je ne retiens rien. En bas de page je pourrais reprendre tout, je ne garde rien ; mon esprit est ailleurs. Oui, mais où ?, tu n'aurais pas la réponse par hasard, les ailleurs ne manquent pas, dans le fouillis de la vie le présent n'est que du passé recomposé, moi je me sens décomposé. Je sais, cela arrivera un jour, mais je ne m'imagine pas que c'est pour tout de suite.

Un peu comme quand j'étais militaire et qu'on avançait chargés et armés, en patrouille, aucune conscience de la mort. Tu sais bien qu'elle rode, mais tu crois qu'elle est pour l'autre, ton pote, celui qui marche devant ou sur le côté. Il n'y a pas d'endroit, jamais tu penses que c'est pour toi, comme si tu espérais passer au travers, qu'elle ne te reconnaisse pas. C'est déjà lui prêter une conscience, une existence, une virtualité déiste mal définie, mais que tu cherches à identifier.

Tu te dis athée, mais ton vocabulaire et le cheminement intellectuel, ne trouvent que des mots ésotériques, inappropriés au fait qu'aucune représentativité n'est possible. A croire que la croyance est en nous, même si on la nie et la trouve absurde, nous avons le souci de cette expression. Peut-être victime de toutes mes lectures et de mon manque de vocabulaire, méconnaissance de ma langue maternelle. Tu remarqueras que le patriarcat en cette matière est à bannir, le masculin expulsé, la langue est maternalisée.

Comme tu vois, je pense bête, alors que je n'ai pas fait de nœud à mon mouchoir, d'autant qu'avec ceux en papier, bonjour les nœuds.

Samedi

J'aurais aimé sortir un peu, ne serait-ce que prendre l'air du dehors, celui de la ville, bien vicié, farci de particules fines, cet air qu'ils analysent chaque jour, et ça ne sert à rien. Sinon enquiquiner les gens qui se déplacent motorisés, au lieu de transports en commun, motorisés aussi, polluant davantage que 20 bagnoles. Ou bien encore le métro, là où quand ils analysent l'ambiance de l'atmosphère, tu fais une sale gueule, ça pollue mais regroupé, l'extermination plus concentrée. Il paraît qu'au fond il y a moins de particules, au fond de la piscine non plus, mais dans le fond, nous serions moins con ; c'est vulgaire mais tellement imagé.

La fenêtre devient pour moi, le seul point de référence de la vie, au loin je vois la cité, ses toitures et ses clochers. Mais je n'entends pas les bruits, tout est assourdi, et le ventail n'est pas ouvrable, c'est climatisé. Tu vois un peu ce modernisme, véritable progrès du confinement, qui donne à tes tortionnaires, le droit de te la fermer, l'ouvrir n'étant même pas concevable. Poser la question, montrer que tu débarques de ta campagne, territoire infâme, qui nie le progrès, à peine si tu te sens la force de contrarier la bonne foi, des handicapés mentaux qui président au fonctionnement d'un établissement.

Tous les fous ne sont pas dans la rue ou au volant d'une voiture, il y a ceux qui tiennent le guidon du deux roues, pédalent dans leur choucroute, fermentent en des bureaux, franchissent des couloirs, ne descendent qu'en ascenseur, ne voient pas le rez-de-chaussée, arrivent directement au sous-sol.

Normal ils y récupèrent la voiture de toutes leurs pensées, roulent vers cet extérieur, cet air qu'ils aspirent, après avoir allumé une cigarette, et tiré une bonne goulée, ouf enfin ils respirent !

Moi je dois me contenter de la fenêtre fermée, ses vitres mal lavées par la pluie, poussiéreuses et légèrement opacifiées, je n'entends plus la sonnerie du clocher, qui me fait signe au loin, comme un appel. Je serais dans mon village, chez moi, j'ouvrirai la fenêtre, celle que je laisse ouverte même la nuit. Je devrais dire surtout la nuit, au moment où tu n'entends plus un bruit courant, mais des petits bruits, cris d'oiseaux, ou aboiements sporadiques. Puis tout s'endort, et c'est l'apaisement, le calme, ce silence inconnu des villes. Un silence tel qu'il est bon d'entendre le clocher de l'église qui me rappelle l'heure, ou la demie, insolite soutien du sommeil, puisqu'il me donne le temps qui reste à courir vers le matin.

Le vent la nuit, mystérieux et sournois, secoue les volets, s'engouffre dans les interstices, dans les arbres et les buissons, transportant des odeurs nouvelles, mélange insolite de tout ce qu'il a cueilli au passage. Quelquefois des rafales qui annoncent la pluie, qui arrive tambour battant, frappe violemment tout ce qui est métallique et sonne en claquant. Tu sens les branches qui s'abaissent et s'inclinent vers le sol, puis se redressent dans un souffle, et reprennent leur manège de va et vient incessant.

Le vent tombe, la pluie faibli, l'air extérieur se rafraichit, les parfums humides remontent, la terre aspire et respire, ce parfum douçâtre, vient chatouiller nos narines. Les feuilles envoient dans l'atmosphère cette odeur particulière verte et douce, légèrement acidulée, elles transpirent de se sentir enfin mouillées. Celles des peupliers trembles sont sensibles au point de continuer de frémir et de se garnir d'eau de chaque côté. Le matin elles auront ces teintes gris vert et gris argent à l'envers, du soleil reflétant la lumière, par touche ruisselante se débarrasseront du surplus d'humidité, tel le flot du ruisseau chantant sur les cailloux.

Bien sûr il y a le matin les bruits des tracteurs, ceux du coq qui s'éveille, du voisin plus loin qui fait chauffer sa moto, et du gars qui passe à vélo, en lui criant un bonjour joyeux. C'est le plaisir d'être soulever de ton lit, par l'envie de les regarder, vivant et vibrant, enfourchant le chemin du boulot, pétaradant lentement, amusant le chien qui lui rappelle que sa présence est préférable, à celle des moteurs.

J'ai un ami qui me racontait qu'il dormait la fenêtre ouverte, sa chambre s'ouvrant vers la forge, située assez loin, mais avec laquelle il restait en communication. Il savait comment elle tournait la forge, connaissait toutes les étapes de fabrication et d'usinage. Le moindre changement de rythme, un ralentissement quelconque, l'alertait, même dans son sommeil. Il vivait le métal et le feu, dans sa tête et ses entrailles, il était le four et l'acier fondu, cela devait chanter d'une seule manière, si cela dénotait c'était que le chant avait une fausse note à la clef. Aussitôt il sautait dans son pantalon et arrivait vers la porte, le ronron avait repris, il écoutait encore pour se rassurer, ôtait ses grosses chaussures de protection, et rentrait dans la cuisine. Un petit café, un parfum de fraîcheur sur le perron vers le jardin, le résonnement de la forge au loin, si familier, et il retournait se coucher, jusqu'au matin.

Cette passion tous les ouvriers la partageaient, chacun savait que l'autre, n'importe lequel, sans distinction de niveau, que l'autre écoutait le cœur de l'entreprise, et serait là pour aider. Cet attachement à son outil de travail, avec une identification commune, à ce souci du bien aller de tous, ne peut se comprendre qu'après avoir rencontré tous ces gens là. Pas seulement les regarder, mais les écouter en parler, comme d'une mère qui approvisionne ses petits, un père qui vient appuyer de sa force, la fébrilité générale, quand le pépin arrive.

Et des pépins, c'est comme dans les pommes, certains les recrachent, d'autres les mastiquent et les avalent, les digèrent, jusqu'à épuisement du possible. On ne peut pas arrêter cet engouement, d'un claquement de doigts.

Quand il en parlait et le revivait, il pouvait décrire chaque problème et ses solutions, comme si le lendemain matin, il allait reprendre le creuset, comme s'il l'attendait aussi.

Vois-tu, la fenêtre à laquelle je suis attaché, ressemble à tout ça, pour le meilleur et toujours le bon. Même quand j'entends les matines qui sonnent à tous les vents, puis quelquefois un son plus lent, grave et sourd, rien ne me lassera de vouloir chaque jour, entendre et respirer la vie. C'est la brise qui passe les volets, le jour qui se fait dans l'encadrement, la voix du jar qui s'égosille lamentablement, c'est le pas du matin de la voisine qui s'éloigne, vers sa voiture, la portière qui claque.

Quand je regarde la télé, cette fenêtre mal ouverte sur le monde, ces catastrophes dont se repaissent les journalistes et autres commentateurs, je ne ressens rien, pour ces mondes inconnus. Un cataclysme qui engloutit et détruit, qui démolit et dégage la poussière des restes, mais sans que le vivant ne ressemble à une marionnette, que le caméraman suit, reflète un ailleurs, pour lequel je peux avoir de la compassion. Par contre quand un avion s'écrase sur le Pentagone, à Arlington, je réagis vivement, du seul fait d'avoir une personne, à proximité, que j'aime, et qui peut en pâtir. Je ne me pose même pas la question de savoir si je suis normal, ou bien trop égocentrique, pour être en réaction, non, aucune question ne remplace l'affectif.

Ma fenêtre serait probablement l'image que je retiens de ce que j'imagine. Voir n'est pas regarder, toucher c'est ce moment tactile, où l'intelligence avec les autres, peut enfin les rencontrer. L'écran est sans saveur, ni odeur, pas même une chaleur perceptible, quand le malheur brûle ce qui fut un bonheur. Ce n'est plus une ouverture, mais plutôt un contre champ, qui se déplace au gré de ceux qui veulent m'emmener là où ils aimeraient, pour ne pas que je puisse réfléchir, et infléchir.

Ils envoient des fermetures, qui n'ont que des volets, dont ils organisent les persiennes, afin que le seul rai d'éclairage, ait une incidence sur l'objet de ce qui doit être vu, le reste étant dans l'ombre.

Ainsi chaque jour je me crée un espace de rêverie possible, bien que les horizons soient assez raccourcis, et ne s'éloignent pas au fur et à mesure que je m'avance. Par moment je me pose la question de savoir quand je n'irai pas bien, ou vraiment mal, s'il sera préférable de rester conscient ou non. Aurais-je le choix, la détermination de ce qui sera mieux pour moi. Quelle priorité donner aux proches ou à soi. Pourquoi se poser cette question, ou ne pas y réfléchir m'aidera à mieux supporter, quoi, je me le demande. Pour le moment j'ai parfois très mal quand je tousse, à l'aine et au ventre, plutôt qu'aux poumons, alors je remonte mes jambes pour être plus à l'aise. Ce n'est pas si facile de penser à savoir comment se faire du bien, pour avoir moins mal.

Quand ma femme est là, je m'arrange pour qu'elle ne s'en aperçoive pas, elle parle d'autre chose et cette distraction nous permet d'évoluer sans rappeler le mal. Cette complicité se fait tendrement et simplement, sans concertation, chacun pensant bien connaître l'autre, depuis si longtemps que nous nous fréquentons. Mais je ne t'apprends rien, sur le mimétisme acquis, et la connivence affective, qui ont fabriqués toute notre vie.

Mardi

Il y a des moments où ton cerveau te trahi en plein sommeil, comme si la journée ne suffisait pas à penser aux ennuis de la vie. Je suis en sursis et la mort rode dans mon esprit, même si je n'en ai pas envie. Probablement que cela devient obsessionnel d'avoir à s'en préoccuper, puisque cette maladie ne t'offre pas d'autre issue. Enfin c'est ce que je me dis, tout en ayant qu'une seule pensée, celle de vivre, bien entendu.

Quand on va bien, on rêve d'un tas de truc idiots angoissants, comme les escaliers tournant vers le bas, et sans fin. Ou bien cette chute vertigineuse mais qui te permet de te rétablir en un vol au-dessus des champs et des arbres. Le cauchemar on l'oubli dès le réveil ou presque, parce qu'on le chasse et passe à autre chose. Mais là, j'étais au fond du trou, sous terre, regardant vers le ciel effacé complètement, mais le halo lumineux, très gris, semblait ne pas vouloir s'éclairer. Je me disais ça y est je ne peux plus remonter.

Le mineur de fond, réveillé en sueur, imaginant l'ascenseur en panne, remuant sa vie, sa femme, ses gosses, quel affreux cauchemar. Le puisatier qui voit la chèvre vaciller, se dit que la remontée va être rude ou impossible. Mais moi, je savais que pas une corde ou un câble de remonte-pente, ne viendrait me secourir, je restais au fond.

Mais ensuite, dans la journée, au moment où à la télé, tu ne fais pas gaffe, passe un reportage sur la guerre et on te montre des morts, je m'y vois, et je zappe. Je cherche le meilleur pâtissier pour espérer avoir envie de me nourrir, tant la nausée te tord les boyaux et l'estomac. Un baba au rhum, non, l'alcool d'y penser, son odeur mêlée à celle du café, beurk, préfère une religieuse bien crémeuse.

Après tout je ne suis pas comme les chats, je ne grifferai pas la paroi et n'aurai pas sept vies, enfin c'est la légende. Probable qu'en Egypte Pharaon pratiquait la ronron-thérapie, on lui mettait les matous sur le corps, il était au chaud, faisait Ra ! Ra !, heureux pour le voyage spirituel, à demi-mot, ou le mot mis bout à bout, enveloppé c'est pesé, les félins griffus avec. Les miaous devaient l'assourdir, aussi on lui cirait les esgourdes, puisque pour ses pompes, les cirer, s'était foutu, on cherchait celles de l'héritier.

La mort, je ne peux pas la voir ainsi, d'autant que si j'ai une âme vagabonde, et que je puisse avoir un semblant de volonté, emmenant mon esprit, je ne le confierai pas à des chats enfermés avec moi. Je prendrai le vrai, celui qui passe par les toits, descend chez toi par la gouttière, jusque là c'était encore ton chez-toi, cela devient le chat chez soi, c'est son choix. Admirable la petite bête qui t'adopte, prend tes caresses et ses croquettes, trouve le coin migrateur à sa mesure et s'installe à jamais. Lui ne pense pas qu'il va mourir, enfin l'homme que je suis a cette prétention, d'attribuer à l'animal des anomalies fondamentales, faisant la différence avec celui qui rit, c'est son propre, même s'il ne se lave pas.

Diversion mise à part, je n'avais jusque là, jamais pensé à tout cela, à travers une mort annoncée, voire inéluctable, puisqu'on me soulage de mes maux, sans vouloir les guérir, à priori. Agatha Christie avait écrit, « la mort n'est pas une fin », combien elle avait raison, c'est la vie qui a une fin, the end madame.

Ce n'est pas un oubli de vivre, comme on laisse un moment ses lunettes, ça repose les yeux, non c'est que cela s'arrête, c'est le repos total, surtout si tu te fais incinérer. Tu ne sers plus à rien, retourne poussière, dans l'air du temps et l'aire de terre, sans les vers, sauf ceux du poème qui t'emmène, dit par ceux qui restent, croyant que tu les entends.

Oh ! Fleur du mal, qui s'est épanouie comme un lys, en plusieurs corolles
La sécheresse venant, manquant d'eau, et de sève asséchée, s'étiolent
Aucune impatience à perdre, un à un, tous ses pétales.
Même si la tige tient, entourées de ses feuilles
L'œuvre avance et s'accomplit, fatale.
Seule la vie enfuie fera son deuil
De celui qu'elle abandonne
Oh ! Qu'elle fut bonne
Salut les amis
Et ma Mie

Vendredi

C'était le jour du poisson, je ne suis pas végétarien, encore moins Végan, quel triste mot. Comme vain ou végétatif, très végétal, vaguement vagal, purement réservé, spécifique d'une spécificité pas carnée du tout.

Le filet de merlu a pris un mauvais coup de vapeur, sans saveur, sans odeur, un véritable bonheur, les patates en ont pris aussi, sans sel ni poivre, dès fois que cela me fasse mal. La compote de pommes n'en a que le nom et le fromage n'a pas eu le temps de le prendre, avec la vache qui se marre de tout ça.

Pas de vin non plus, parce que avant, à l'hosto, tout le monde devait se « calucher le meuflon » (patois solognot-bourguignon, dans lequel le meuflon est le nez et se calucher c'est le rougir), d'autant que la modération, leitmotiv français, nous prive de bonne conscience.

Comme de fumer tue, m'envoyer un cigare ou une sèche, serait un luxe inavouable, d'un contournement de la bonne conduite. Heureusement je ne suis pas fumeur, mais un godet de beaujolais, me remonterait le moral, surtout quand on l'a dans les chaussettes. La fille qui m'amène ce plateau est charmante et agréable, une perle de gentillesse, toujours le sourire et un mot gentil. Je n'ose pas lui demander quelque chose, tant elle semble débordée de travail.

Ce qui est bizarre dans le gaspillage, est qu'il n'existe qu'au niveau du peuple et de ses besoins vitaux. Les élus et autres ministres, ne savent pas à quel point on peut s'arrêter d'utiliser l'argent commun. Leur morale n'est certainement pas la notre, tout au moins celle communément appliquée, dès qu'elle est apprise et consentie normalement. Eux ont un oubli total de ce qui peut se faire de moralement possible, car l'immoralité préside, dès qu'ils ont un pouvoir. Tu me diras l'homme est perverti par le pouvoir c'est vieux comme le monde humain.

Le lion ou l'éléphant d'Afrique, ont un pouvoir délégué, mais contestable par la force et la loi du plus habile, ou plus fort. Le reste du troupeau suit, jusqu'au prochain épisode de contestation, toujours fréquent et permanent, en quelque sorte la conquête est constante. Les hommes sont-ils obligés de les imiter, puisqu'ils sont doués de raison, à priori le raisonnement, serait-il uniquement au service du plus rusé. Toujours est-il qu'il a fallut créer la Démocratie pour amoindrir la domination en la rendant plus consensuelle. Celui qui subit, doit désigner son tortionnaire, la majorité, principe de cohésion autour de celui élu, mais combien contesté, faisant office de confort moral.

La morale serait une suggestion subversive de l'adversité, face à la cruauté naturelle des hommes. Par exemple le diplôme qui donne à celui qui l'obtient une supériorité, es qualité, devient un instrument immoral de la croyance en ses capacités. Quid de son intelligence à utiliser ses connaissances pour qu'elles servent la communauté ou des intérêts sélectifs, avec la dose d'application utile au respect de la chose démontrée, scientifiquement bien entendu. Cette croyance abêtissante permet à un grand nombre de certifiés, conforme à un degré de savoir, qu'elle induit trop souvent le fait agnostique du savoir faire. Un manchot, très cultivé, ayant appris tout ce qu'il est nécessaire de savoir en menuiserie, peut-il créer un meuble, ou même scier une planche ?

Je préfère l'infirmière qui fait cinquante piqures par jour, à un médecin qui ne la pratique presque jamais. Ce n'est qu'une question d'immoralité dans la continuité du souhait de l'immortalité, apportée par cette seringue, dont l'aiguille salvatrice soigne et soulage. Il faut rester optimiste, puisque le létal c'est quand on tète, soit du goulot la boutanche alcoolisée, ou la ligne blanche que des abrutis considèrent comme le nirvana. Un peu comme certains affabulateurs, qui ne voient dans la mort que la joie de ne plus vivre, sauf à effleurer le rêve des vierges démultipliées, telles des clones, phantasme de la bêtise humaine.

Il est vrai que le groupe, par amalgame progestatif grégaire, ne peut évoluer qu'à partir de cette création spontanée des masses, la stupidité humaine. Certains savent la porter, par des discours communicatifs, élaborés par des communicants, lesquels se pourvoient auprès des créatifs, issus d'un seul et même moule, celui de la dépendance intellectuelle créée par les grandes écoles. Le pontifiant professeur en médecine, passant d'une chambre à l'autre démontrant dans un vocabulaire abscons, que cette communication ne peut qu'être réservée aux initiés. Bien sûr il y a la condescendance affectée, vers « mon brave... », le sommeil est-il revenu ?, avez-vous rêvé cette nuit que je vous sauvais, alors que le gars se tord de douleur, du fait des flatulences de lendemain d'opération.

D'ailleurs la douleur, qui est longtemps restée absente de la conception médicale d'accompagnement, ne peut se soulager que du fait de la bonne volonté du patient et surtout de la douceur du personnel soignant. On m'avait dit, vous allez être fatigué par le traitement. C'est quoi être fatigué ?

Tu leur poserais la question, je ne crois pas avoir un carnet assez grand pour inscrire toutes les réponses. La fatigue de fin de journée de travail, celle après une belle balade en montagne, ou encore celle du coureur de compétition après un marathon, tu te dis ça dure un temps et on récupère. Ton cerveau a depuis longtemps emmagasiné ce genre de réaction, et tu peux comprendre que la fatigue soit difficile à supporter.

Mais là, ce n'est pas le véritable, ni même le bon mot, on pourrait penser plutôt à anéantissement programmé, aucun ressort ni aucune envie, pas vouloir bouger un orteil. Evidemment ils ne te l'annoncent que modérément, sans plus, à toi de cheminer dans l'acceptation du très mal être, pour aller vers le mieux être. Quand, tu ne sais pas, eux non plus d'ailleurs, car il y a les plaquettes, celles qui te jouent le mauvais tour de s'absenter quelques jours, ça te laisse raplapla. D'autant qu'ils te préviennent que faute des plaquettes suffisantes, tintin pour la continuation du protocole ; ce n'est pas la joie, chantait Salvador.

Tu es suspendu à l'analyse de sang et de ces foutus blancs becs, qui préfèrent des vacances, plutôt que de faire leur boulot de défense. Tu es au bord de l'angoisse tant que tu n'as pas salué le globule, qui t'annonce que maintenant on peut continuer de t'empoisonner, jusqu'au prochain épisode. C'est fou comme dans ce cas là on trouve le temps long, comme si le fait de ne pas se retrouvé branché et en futur souffrance, nous manquait.

L'antichambre de la mort s'ouvre sous tes pieds, tu crois que le trou béant est là, te tend les bras, sa bouche ouverte veut t'embrasser, ce n'est pas l'amour fou, mais la folie de la peur subite, suivi de la même mort. La première fois que j'avais vu une personne morte, je croyais qu'elle dormait, puis les fois suivantes, j'avais compris que le dormeur ne reviendrait pas se réveiller. Savoir que l'absence est définitive quand tu as entre cinq et huit ans, que ce sommeil n'a rien de réparateur, que ton arrière grand-mère te dit adieu, que c'est fini, même que tu vois la caisse qui l'emmène, c'est dur.

Mais comme tu es enfant, la vie reprend vite le dessus, et quand le vieil oncle y passe, tu lui dis un peu adieu, ta peine n'est plus la même.

Aujourd'hui ce genre de rencontre pour un enfant, n'existe plus ou presque, nous ne voyons pas le vieux dans une vie, encore moins à sa mort. L'ensemble de la famille a des résidences différentes, voire affectives, ne rapprochant pas la compréhension, ne serait-ce que parce que l'ancien tient des raisonnements qui datent, et le jeune résonne à toutes les cloches et les vents de la société.

Si pépères a des idées, à priori ce sont celles d'un autre temps, aucune ne peut s'appliquer au présent. Ils étudient Socrate ou Aristote, et tant d'autres vieux philosophes, mais ils sont dans la diffusion éternelle, avec ce rapport aux hommes, mais en esprit. Montaigne ou Diderot étaient plus pragmatiques, chacun chevauchait par des chemins que nous empruntons de nos jours ; ils ont fatalement le décalage du goudron. Les sabots de leurs porteurs à quatre cylindres crottins et le roulement atténué du véhicule à moteur, ne peuvent engendrer les mêmes considérations sur la destinée mortelle ou encore pour Jacques, celle de la fatalité. Vu le nombre d'illettrés à leur époque, ils n'ont pu être lus que par une certaine élite, ce fut la majorité. Aujourd'hui nous sommes dans l'immortalité divine, mono-culturelle, à l'abri de l'Eden paradisiaque, du Nirvana ou des Vierges en ringuette, qui donneront à la futilité le poids de la croyance, lié au bonheur du monothéisme.

Le plus est l'isolement « tablettoïdique » que chacun cultive, dans un échange inutile et creux, d'un reflux permanent, d'une vague suspendue, qui jamais n'atteint la grève, ils surfent.

Ces considérations obscures, ne m'empêchent pas de penser à moi, et mes jours suivants, ceux que je vois chaque jours renaître, grâce à la vue de ce soleil éclairant, me rappelant que je suis vivant. Tu n'imagines pas combien d'ouvrir les yeux après la nuit, te dis que tu es là, tu te touches et tu ris, tu oublis le miroir, regarde par la fenêtre, rien n'a changé, les feuilles des arbres frémissent dans le vent. Même fermée elle ouvre ton horizon sans air, sans saveur extérieure, sans brise fraiche, seul les fleurs pourraient donner le moment, celui de la saison.

Lundi

Les lendemains de dimanche, ressemblent à ceux de l'avant-veille, bien que ma femme soit venue avec une amie à elle. C'était plus facile de papoter et de rester moins longtemps, j'ai préféré qu'il en soit ainsi. Je crois que je me replis sur moi-même et ne pense qu'au surlendemain. J'aimerais bien sortir, partir, marcher dehors, à l'aventure, et ne plus revenir, entrer dans l'oubli, le mien celui des autres, après tout, le passage se fera. Le plus beau serait de le vivre, la délivrance du mal être et de tout ce machin hospitalier, qui est pesant. Tu ne dors jamais tranquillement, elles s'assurent que tu respires, oublient de bien refermer la porte de ta chambre. Soudain un léger courant d'air fait claquer le pêne sur sa serrure. Tu te réveilles et ne peut pas te lever pour aller la fermer. Sonner et les déranger pour si peu, alors qu'il peut y avoir une urgence, alors tu te rendors après un moment d'attente.

Ma femme et sa copine sont sorties pour aller fumer, sa copine fume. Elles sont allées à l'arrière du bâtiment en suivant un infirmier, plusieurs autres étaient là avec la cigarette au bec. Dehors ça ne gêne personne bien entendu, mais ma femme leur a demandé s'ils étaient conscients du danger du tabac. Aucun problème, d'ailleurs tous ces infirmiers et infirmières étaient volontaires, pour travailler en service d'oncologie, sachant que cette période est difficile pour les patients. Cela ne les empêchait pas de satisfaire leur plaisir, mais il valait mieux ne pas en parler dans le service, surtout afin de ménager les susceptibilités. Ils n'empoisonnaient qu'eux-mêmes, ne faisaient du mal qu'à leurs organes, mais combien c'était relaxant ce moment de repos, en tirant sur sa cigarette.

Se relaxer, prendre un peu de distance, changer d'atmosphère, du foot, de la famille, des enfants, des sorties ou d'un bon film. Les bonnes histoires, très hilarantes, sont souvent dues à des quiproquos attachés aux malades. Soit celui-ci en rit et la bonne humeur peut se transmettre, soit il vaut mieux ne rien laisser paraître et se la rappeler là, dehors.

Cela doit être pénible de surveiller son langage, choisir les mots et en dire le moins possible, ne pas alarmer inutilement, laisser entendre que chaque chose en son temps, avoir de l'empathie, pas trop, juste assez pour ne pas peiner ou vexer.

Toujours écouter, attendre que la personne ait fini de s'exprimer, avec ses mots et ceux de ses maux, bien comprendre, faire répéter ou reformuler, avancer des mots qui ressemblent à une réponse, cette façon permanente de se comporter devient stressante. Bien sûr ils ont eu une formation, ont de l'expérience d'autres services médicaux hospitaliers. La psychologie appliquée leur a été enseignée, prévenir et ne pas courir derrière un problème, c'est savoir regarder et entendre.

En tant que patient on aimerait connaître, en posant des questions inappropriées, manquant de contexte, avec ce vocabulaire simple, mais combien difficile à reprendre. Ils veulent bien nous dire que nous aurons mal, mais comme à chacun le sien, autant que le cheminement se fasse et que le malade ait sa propre expérience. Quand la douleur arrive, qu'elle est annoncée aux soignants, ils savent de quoi il retourne, et interviennent avec ce qu'il faut de sollicitude. Nous sommes plus à même de saisir leur langage, savoir comment réagir et ne pas s'affoler. Entreprendre le chemin d'acceptation, en connaissance de notre propre organisme, avec le vocabulaire du professionnel, jusqu'au médecin, le message passe mieux.

Nous aimons être pris au sérieux, personne, quel que soit son degré d'instruction et son intelligence, n'admet la déconsidération et être repositionné vers le bas. On préfère la distraction, par des exemples, ou tout autre forme de réponse, mais avec un plus bas explicatif, hors vocabulaire professionnel. Certaines personnes du corps médical, comme de bien d'autres métiers, nous noient dans des considérations incompréhensibles, dans le langage fermé à jamais, pour celui qui n'aime pas entendre ces mots de la maladie.

En assurance aussi le vocabulaire est compliqué. Quel est le métier qui paraît le plus inaccessible du fait de son vocabulaire, tous sont compréhensibles, il suffit de bien vouloir s'y pencher. Celui du médical je le rejette, non pas que je ne le comprenne pas un peu, mais parce qu'il est porteur de ce qui rend hypocondriaque.

Je ne l'ai jamais été, bien que la lecture de chaque signe clinique d'un bobo sur internet, n'engendre pas la gaité. L'AVC par exemple, qui est mortel dans certains cas, sauf s'il est pris très tôt, mais gare aux séquelles. Nous connaissons tous une personne qui a déjà eu ce problème, le résultat quelquefois invalidant, n'augure rien de bon. Alors inutile d'aller lire par avance, ce qui nous arrivera ou pas.

La radio et la télé nous rappellent régulièrement que les maladies trainent au coin des rues, dans les grands magasins, partout, afin de pouvoir écouter le message qui guérit ou soigne. Ce qui est remarquable dans le sens du publiciste est qu'il aborde le contexte médicamenteux, avec la ferme intention de soigner la maladie ; plus tu en prends, plus tu es malade, puisque cette pathologie est bien soignée elle dure.

L'homme est-il soigné parce qu'il est malade, ou bien est-ce sa maladie qui doit être prise en charge, pour qu'il ne soit plus malade. Le malade devenant patient, allant de l'impatience vers la guérison, le rend dépendant soudain, de la nécessité du soin rapide, de ce raccourci qui soigne, le rhume par exemple. Au moins ceux qui ne prennent rien, savent pourquoi ils ont soins de leur corps, sans contrarier la maladie, par des soins de maintien. Joyeux le sens des mots, leur positionnement, et leur contresens.

Aristote avait dit « la fin justifie les moyens », belle affaire mais quid de prendre le moyen pour une fin. Il avait eu cette désignation rhétorique ; la chrématistique, tel le chat qui se mord la queue. Comme le gars qui en bourse peut vendre ce qu'il n'a pas acheté, avec l'obligation de dénouer par un achat ce qu'il avait vendu. Cette spéculation sans lien apparent avec l'économie, n'a pour but qu'une spéculation stérile, qui ne profite pas du tout à l'entreprise qui est cotée en bourse. Le moyen de gagner de l'argent, qui n'est lui-même qu'un moyen d'acquérir, devient la finalité de cette organisation spéculative, donc chrématistique.

Inutile de t'embêter avec des considérations qui me dépassent largement, ça fait savant et avoir à pontifier ne m'a jamais intéressé. D'ailleurs les citations sont horribles, car elles font appel à une mémoire sélective, qui ne présume en rien d'une connaissance réelle, ce qui est mon cas. Mais dans mon abortion de ce capitalisme idiot et mortifère, j'avais été heureux de trouver chez un gars qui réfléchissait il y a 2400 ans, et pouvait dire ce qui dans l'avenir tuerait le monde et son économie.

Je m'étais dit que quand il avait averti Alexandre, « tu vas dans ces pays d'orient, des jardins enchantés et des beautés de la perse, regarde écoute et comprend, et viens m'en parler », ce n'était certainement pas pour qu'il revienne en disant du mal des grecs.

Probablement qu'il espérait que le pouvoir absolu, tenu par un être intelligent, ne serait pas la naissance d'une mégalomanie tyrannique. Ni l'un ni l'autre n'ont eu le temps d'en discuter, d'autant que Aristote n'était pas comme Socrate, du genre suicidaire. Il s'était carapaté vers les iles, mais est-il allé de Charybde en Scylla je n'en sais rien. Par contre il avait dû se faire une oursinade en passant, ce qui lui a permis d'éclairer de sa lanterne, le centre de ce mollusque épineux, dont seules les langues d'œufs sont à déguster. Je te restitue ce que j'avais appris à l'école en découvrant le nom d'Aristote, en disséquant un oursin. Ce qui maintient le centre de l'animal est appelé (lanterne d'Aristote), une fois que tu sais cela, tu le manges.

Non de non, quel plaisir pour mon estomac, que de me faire une oursinade ; faut pas rêver. En fait de fruit de mer, à part le crabe, c'est fou ce que je déguste, surtout qu'il en pince pour moi. Je n'ai plus assez de résistance pour resté éveillé trop longtemps, vite fait de somnoler si je lis, même de m'endormir, idem avec les mots fléchés. Le sudoku m'énerve mais j'en fais un peu, puis je lève le nez vers la télé, regarde, baille, n'entend pas bien de quoi il s'agit, les acteurs français parlent entre leurs dents. Je préfère les séries anglaises ou allemandes, comme elles sont traduites, les gars du doublage parlent plus clairement. Il est vrai que le Français devient difficile à dire, du fait du choix des mots et de leur alignement, de peur d'une controverse médiatisée, sur une langue qui a fourché.

Ce ramassis d'oisifs, journalistes apprivoisés, prend des positions sans connaître réellement ce qui a été formulé, l'essentiel étant de faire le buzz comme ils disent. Agir au détriment de quelqu'un est le sport favori, mais aussi essayer de penser pour ceux qui gouvernent. Ou bien encore pour un people mal barré, la pensée sert de pansement à leur viduité intellectuelle. Leur vie à l'arrière du corbillard, mais assis sur la caisse du défunt, qui reste quand même le feu de leurs histoires, alors que lui n'en n'a plus à chanter.

Quel harcèlement inutile sur cet écran à l'adresse du peuple, dont ils considèrent ne pas faire partie. Les politiques interviewés et leurs interlocuteurs, parlent « des Français », comme si cette entité se séparait de leur statut, de gens au-dessus de la mêlée.

Les présidents ne s'y trompent pas en appuyant fortement sur la nomination de gens de la société civile, les élus étant de fait, citoyens à part. Comme de les réunir en une assemblée avec des prérogatives de seigneurs, leur donne l'aura du pouvoir et de la distanciation, du commun des mortels, espérant ne jamais plus revenir à la bassesse de ce peuple qui soutient des gilets jaunes.

Ils ont mis une étiquette sur leur dos, jaune franchissant la ligne, mais on leur enfile le gilet de sauvetage, les fait venir dans la piscine médiatique, et ils se font plomber les poches, pour mieux couler.

On les transforme en agités, irresponsables, organise un lâché de casseurs, montrant leur incapacité intellectuelle, ramenée à la force, celle qu'on leur oppose, au nom de l'ordre et de la république. Mais la république, dis-moi, mon ami, c'est qui ? C'est quoi, sans ceux qui sont en jaune ? Pourquoi ne pas leur mettre des étoiles, les trois étoiles étant le plus abruti, et de droite extrême. C'est vrai qu'à gauche il n'y a que l'intelligence et la bonté développée à son paroxysme, qui voit rouge plutôt, mais de moins en moins le gros rouge, celui qui tâche.

Un jour

Lequel me diras-tu, a-t-il de l'importance, sinon ce jour de vie que je prends depuis ce matin. Le soleil éclairait en fin d'après-midi ma chambre, le reste de la journée il était en devenir. Je le supposais dans le bleu du ciel, la luminosité diffuse, parfois agressive sur le coup de midi, mais à l'avoir dans les yeux, me gêne et m'enlève l'extérieur par la fenêtre.

Quelque fois en regardant par la vitre, assis à l'avant d'une voiture, on peut voir arriver la chose qui donnera la mort, avec cette peur immédiate, instinctive. Tu me diras penser encore à la mort, qu'elle idée, au lieu de s'ouvrir sur une vie.

Pour ma femme je suis encore vivant, tous les jours elle vient me le dire. Mais elle pense aussi à la mort, puisque le verdict médical, enfin je crois, ne devrait pas laisser trop d'espoir. Bien sûr ils peuvent se tromper, avoir les analyses d'un autre, mais ils seraient plusieurs à coopter le diagnostique, en restant avec une erreur. Je sais bien que le corps médical est servile du grand professeur, de son ordinateur, des laboratoires et leurs publications, des analyses fabuleusement incontestables et de tous les éléments extérieurs à leur intelligence professionnelle. Quand ils en ont un peu, ils contestent un peu, et quand rien d'intelligent n'arrive à eux, ils baissent le pavillon, sauf si l'erreur est flagrante. Oui mais, quand et à quel moment, avec quelle précaution, faudra-t-il qu'il conteste un suivi médical, sans paraître remettre en cause, tout ce qui a été fait jusque là.

La conviction partagée n'est pas une chose simple et facile, encore moins quand elle remet en cause tout un processus, que chacun, à son niveau, applique avec zèle.

Remarque les médecins et leur ordre, ont perdu la partie depuis longtemps face aux grands laboratoires et à la lâcheté des ministres et leurs élus abaissés. Les mutuelles y sont aussi pour beaucoup, surtout après avoir été convaincues de la validité du numérus clausus, élucubration d'un ministre de la santé, qui avait cru faire baisser le déficit de la Sécu. Les mutuelles ont créé le tiers payant pour gagner des clients, aux dépens des compagnies d'assurance. Dès cette mise en place, les frais médicaux ont eu une fulgurance à la hausse, et les compagnies d'assurance ont suivi, trainant des pieds. Ce qui est pire, c'était le déficit creusé volontairement dans toutes ces petites mutuelles régionales, que comblait le conseil général et le conseil régional, au titre du soutient aux associations.

Aujourd'hui nous sommes sous la dictature du déficit et des grands laboratoires qui nous volent et font imposer des protocoles, par ministre interposé, quelquefois soudoyé. Il y a des voyages d'études et d'informations, des prestations coercitives par les lobbies, chacun y retrouvant une valorisation quelconque. Ils ne soignent plus mais vendent des examens, des analyses et les médicaments qui vont avec. Je suis soigné selon un protocole, dont ils ne peuvent se départir, même si celui-ci ne me convient pas. Si la constatation est faite d'une intolérance, ils revoient ce protocole pour un nouveau, et c'est reparti pour un tour. Voient-ils mon médecin traitant, ont-ils des conversations me concernant, sur ma vie et les différents évènements du suivi médical, antérieur à mon hospitalisation, pas du tout.

Le généraliste doit rester un âne qui trotte dans son coin, alors que le spécialiste, armé du diplôme, a ce savoir infus, seul à le détenir, donc impossible de s'abaisser à faire comprendre aux autres. La toute puissance règne entre ces murs, une armée est prête à soutenir le service et son patron, seul le patient pourrait dire non. Car on l'oublie trop souvent mais nous avons ce pouvoir, dommage on s'écrase lamentablement, se laisse faire, espérant avoir un véritable suivi médical de bon aloi.

Autre jour,

Pour les plaquettes je n'ai plus de soucis, ma femme m'a amené un produit amer qui régénère le foie, du coup il s'est remis à fonctionner presque normalement. L'amertume pourrait venir du fait qu'on ne te conseille jamais de prendre autre chose, qui vienne aider ton organisme, alors qu'ils savent que tout souffre à l'intérieur. Je prends ça depuis quelque jours et me sent mieux pour digérer, je ne lui ai pas demandé si c'était aussi pour la digestion. Je n'en parle pas aux gens d'ici, elle me l'amène dans son sac, j'en prends quelques gouttes dans un verre, et elle repart avec le flacon. Tu me diras elle me donnerait du poison, qu'ils n'y verraient que du feu.

Pas banal de vouloir se soigner seul, avec l'aide de personnes, étrangères à ce service qui te soigne. Nous avons toujours agi ainsi, bien que je n'aie jamais eu de maladie ennuyeuse, à part le rhume. Pour notre enfant cela avait été très problématique quand elle avait eu seize ans et souffrait de douleurs dorsales, des genoux, des épaules et ne pouvait plus danser. Ce qui était abominable pour elle, puisqu'elle adorait la danse classique. Pour nous ce fut la galère sur six mois d'examen de sang, avec un HLA qui ne variait pas d'un iota et n'annonçait aucune maladie.

Les médecins y perdaient leur latin, à cette époque ils en avaient fait un peu, même du grec. Les formules et formulations médicales viennent toutes d'une racine grecque, et pour faire des études de médecine aujourd'hui, il faut être bon en mathématique. Ils remplissent les poubelles de gens intelligents, au profit de machines à calculer et lire des écrans, maitrisant toutes les technologies numériques, qu'un enfant de six ans saisi en deux temps trois mouvements. Ils appellent ça la sélection primitive, voire primaire, avant l'ascension, il n'y a eu qu'un seul gars qui l'ait réussi précédemment. Il est vrai que lui aussi avait été balisé par un chemin de croix, jusqu'à devenir le clou de cette journée, où tant de gens avaient applaudi, alors que d'autres croisaient les bras.

L'irrationalité de notre recherche nous avait permis de trouver la solution, auprès d'un médecin, dont la rationalité était démontrée, puisque lui-même avait eu une polyarthrite invalidante. Ne trouvant aucune solution chez ses confrères et autres spécialistes, il avait décidé de servir de cobaye à des chercheurs, lui les épaulant, dans son coin de Lyon. Après bien des problèmes de vie, il avait pu s'en sortir et reprendre son activité, mettant au service des autres malades, son expérience, sa compréhension et son analyse. En fait d'analyse celle qu'il fit faire à notre fille, avait aussi une détermination HLA, mais plus rien à voir avec les précédentes, celle-ci était un véritable journal de découverte. Il s'en expliqua avec ma femme, et nous pûmes soigner notre fille. Les difficultés étaient plus liées à la prise en compte par la Sécu et par le trajet hebdomadaire de 4 heures de train, pour aller à Lyon.

C'est comme cela que tu doutes et finis par trouver tout ce qui existe autrement qu'en allopathie, avec l'homéopathie et bien des solutions herboristes, ou autres, qui n'empêcheront jamais personne de mourir, mais qui apportent des mieux.

Passe le temps,

Les étés sont chauds et la clim marchent bien, à longueur de journée, je ne m'en plains pas. Avoir chaud en plus d'être malade, au moins là j'apprécie le progrès, encore que le ventilateur plafonnier pourrait peut-être suffire. Nous avons connu cela plus jeunes, mais souvent le travail se faisait avec des courant d'airs organisée, nous souffrions, le corps s'habituait, les horaires étaient aménagés. A l'école la cour en terre battue était arrosée le matin et le soir, cela nous donnait cette impression de fraicheur, qui arrosait aussi notre cerveau, conscient de la capacité d'adaptation avec le leurre mis en place. Tu me diras les cours bétonnées ou goudronnées, pour que les enfants s'écorchent plus facilement et en été se brûlent la peau en tombant, cela a une autre allure que la boue organisée. Mais pour les gens des villes la terre est sale, même si elle leur donne à manger, elle n'a pas l'allure bien nette d'un carrelage poussiéreux.

La ville préfère la poussière et ses particules, ce ciment qui se désagrège avec le temps, ce goudron qui colle en cas de grosse chaleur, les arbres qui crèvent parce que leurs racines manquent d'eau. La fenêtre de l'hôpital donne sur une partie plantée de trois arbres, qui étaient là avant sa construction, ils sont rachitiques et déplumés par endroit. Ils ont les racines sous le béton et presque pas d'eau pour les nourrir. A la télé c'est la surenchère caniculaire, ils ont tous pris un coup de soleil sur le carafon, il faut boire qu'ils disent, et faire attention aux enfants. L'infantilisme dans lequel on maintien la population, ressemble aux guides d'un palefrenier, qui mène un attelage nettoie ses bêtes, les mène à l'abreuvoir puis à l'écurie, sans leur demandé leur avis. Heureusement il y a des chevaux qui n'avancent plus s'ils n'ont pas bu un bon coup, mais là encore il faut faire avec la « bonté » humaine, ou fouetter l'animal.

Cela ressemble à ça mais en plus soft avec l'assentiment du radio trottoir, des gens qui répondent béatement, à des questions débiles sur la chaleur. Car ils ont l'art de détenir la et les vérités, sur tout et le peuple sur rien, bientôt ils suggèreront au vieux de regarder sur leur tablette ou vodaphone, si c'est l'heure d'aller pisser. Organisation de la dépendance intellectuelle à tous les niveaux, principalement chez les enfants, qui obéiront aux ordres plus tard, et iront tuer le temps, parce qu'il fait trop chaud ou trop froid.

Le plus beau c'est la certitude du nordiste » île de français » qui conseille aux gens du sud comment se rafraichir, se « brumiser » et se protéger des rayons du soleil. Dans le midi on est tarés, quand tu vas dans un petit village de l'Hérault, qui grimpe la colline, avec ses calades en rues étroites, ses volets pleins ou à persiennes, a-demi fermés, les ombres qui quittent le côté du matin, pour celui de l'après-midi, pour les gens des villes à grandes artères et sans volets, c'est vraiment vivre comme des taupes.

Aucun n'aurait l'idée de faire que toutes les constructions modernes aient des volets ou des fermetures permettant de se protéger du froid comme du chaud. Aucun n'effleure même la possibilité de l'imposer systématiquement, puisqu'il faut ressembler aux anglo- américains qui n'ont que des ouvertures avec des vitres, aucun volet, mais ils te diront que c'est pour la transparence. Cela se comprend, il eut été difficile d'écrire « Fenêtre sur Cour », et toutes sortes de films et d'histoires sur la délation du voisinage.

Pourtant une vitre renvoie de la chaleur et ne protège du froid, qu'avec des épaisseurs considérables, mais il est préférable de consommer de l'énergie, fossile ou non, alors que simplement ils fermeraient leurs ouvertures et ne viendraient pas nous casser les pieds, en parlant d'économies, qu'ils ne pratiquent jamais.

Quand on vit dans le Maghreb, la chaleur donne à réfléchir aussi. Le travail se fait le plus tôt possible, à la fraiche, les écoles commencent tôt, les animaux comme les hommes, ainsi sans la télé et ses apprentis sorciers, chacun s'abrite et compense. Ici, chez nous, on peut dire que tout est récupération politique et journalistique, sans aucune exception, sans valeur ajoutée, dans une apathie intellectuelle bien répartie ; ils appellent ça le partage.

Tu me diras il y a encore ces gens dans les EPHAD qui ont perdu la tête, et bien entendu ne compte que sur la tête et les jambes du personnel soignant, presque comme à l'hosto. Ces établissements ont été conçu pour que les vieux rapportent de l'argent, mais aussi les caser, avec un suivi en soins journaliers. Pour que l'argent investi par des particuliers et des promoteurs soit rentabilisé, il y avait un avantage fiscal, une niche fiscale, comme ils disent et pour le promoteur un différé d'amortissement qui va jusqu'à trente ans, pour qui sait y faire. Au lieu de faire payer par le ministère de la santé la prise en charge des personnes dépendantes, ou âgées et grabataires, on tapait dans la caisse fiscale, pour que le peuple paie le différentiel. Cela rendait la sécu allégée, et il fallait concevoir un retour sur investissement. Les politiques heureux, de faire constater une amélioration des budgets nationaux, le déficit à venir, et évident, étant bien camouflé.

On s'aperçut très vite que la rentabilité ne pouvait s'obtenir que par des prix élevés et un personnel pas trop cher payé. Pas de psychiatre attitré, mais un temps compté et payé, pouvait permettre d'avoir un psy à bon marché ! Pas d'infirmières trop nombreuses et pour les aides soignantes, une formation allégée, donc un travail mal rémunéré. Le vieux a donc un rapport qualité/prix à respecter, sa vie en dépendait et celle de la satisfaction à l'investisseur.

Encore une fois les difficultés rencontrées, de plus en plus nombreuses et problématiques, demandèrent une intervention de l'état sur le budget de l'ARS, ministère de la santé, qui intervint à hauteur de 40 % voire davantage, dans le soutien au maintien en établissement. Les aides sont-elles donc données au plus appauvris, pas les plus mal lotis, le reste de la population plus fortunée, se fait à des prix exorbitants de pension et de prise en charge. Autrement dit l'état s'est défaussé de cette responsabilité financière et humaine. Des groupes se sont créés et mis en bourse, gèrent les EHPAD, les vieux touchent l'APA, l'EHPAD reçoit des subventions, le groupe distribue des dividendes.

C'est magnifique un vieux côté en bourse, quand on vide la sienne.

Hier

C'était le présent, puisque le futur n'est pas son pendant, et le pendant c'est déjà du passé, mais le soir est souvent un hier. Elles arrivent avec du potage, ou de la soupe, ou bien encore du bouillon, pas celui de onze heure, mais presque. Elles ne savaient pas qu'il pouvait y avoir une différence, ne savait pas ce qu'était un potage et ce qui fut une soupe, quant au bouillon, elles ne connaissaient que le Maggi, et la magie des vermicelles fins. Te rends-tu compte, de cette mise au point vitale en un tel lieu que l'hôpital. Le casse-dalle n'est plus à la mode, plus même le bœuf, encore moins le mironton, tu n'as pas la dalle à l'hôpital, la faim c'est queue dalle, la bouffe se fait la malle. A te donner la nausée, si tu ne l'avais déjà, tant il faut d'envie dans mon état ; il ne leur vient pas à l'idée de devoir en créer, au moins une par jour, d'envie. Il est vrai que vie et envie, sont un duo quelquefois partagé, le plaisir peut être éphémère, il n'en tient qu'à nous de le faire durer.

Comme nous sommes loin de la magie, le décor ne s'y prêtant pas, je n'ai plus que l'écriture, enfin ce semblant d'expression écrite. Je suis en tapuscrit et non plus en manu, puisque je tape sur un clavier, ce qui s'inscrit. Heureusement, quand tu me liras, tu n'auras pas à déchiffrer mes gribouillis de lettres mal formées, te contentant de comprendre ou du moins suivre mes élucubrations.

Le numérique a ses mérites, les scientifiques et autres professionnels, s'en serviront de plus en plus, pourvu que l'on continue de leur fournir la matière, d'un cerveau de compréhension, à base empathique et humaine.

Quand ton neveu traite ses vignes dans un nuage de pesticide, j'ai tendance à le plaindre. Quand il vendange, un casque sur la tête, écoutant de la musique ou parlant à un interlocuteur téléphonique, je le plains. Quand il passe son tracteur dans ses vignes et raccourcit les sarments, avec sa machine, il ne respire plus ses ceps, mais un parfum de gasoil et d'échappement bruyant, je le plains. Quand il arrive en fin de matinée à la cave où le raisin a été déversé, il sent cette âcreté odorante, crois-tu qu'il commence à vivre le vin ?

Surlendemain

Si c'est possible d'en rajouter, mais il y a cette notion écrite et parlée, qui situe dans le temps la mémoire de celui qui passe. Tu penses bien que je suis pressé et craint de ne pas en avoir assez, comme tous ceux qui croient que le prendre c'est aussi en perdre du temps. Celui de la pluie et du soleil, c'est le temps de la vague et de sa marée, ce va et vient qui nous berce et agite notre vie. Nous sommes tous issu d'un va et vient, que des couples ont pris sur le temps, pour qu'il ne serve pas à rien, de l'avoir eu avec ce plaisir inouï, que nous aimons renouveler.

Bien que l'industrialisation de la reproduction clonée, veuille raccourcir toutes les durées, et satisfaire même celle de l'attente, sans la jouissance partagée, dans la procréation assistée. Ils ont déjà pensé au marketing de la rareté, par l'impossibilité, et les aléas chiffrés, de garantir un résultat, qui ne pourra jamais être qualifié, en bon ou en mauvais.

Sur les emballages le fabricant est tenu de notifier les ingrédients constitutifs, pas forcément les dangers, sauf les effets secondaires pour les médicaments, mais pas les compléments alimentaires. Est-ce que les nouveaux parents pourront contester la marchandise, tel ce jus de fruit concentré, qui a perdu de sa saveur, voire même de sa qualité, du fait d'un emballage mal adapté.

Il est remarquable, que seul le fabriquant doit être poursuivi, celui qui le vend étant couvert de cette magnifique impunité. S'il avait un brin d'humanité bienveillante, ce commerçant indélicat, lirait la notice et renverrait le produit, disant qu'il n'est pas un marchand de malheur ou de mort. Non il est irresponsable, il ne l'a pas fabriqué, quelle hypocrisie mentale accompagne ce monde de faux-semblants.

Mon emballage n'est pas non plus très agréable à regarder. Ma femme me rase et m'essuie le visage, elle reste dans la chambre, ne veut pas me quitter des yeux, elle se fatigue à ne pas bien dormir. Les accompagnants ne sont pas très bien lotis, prêtant au malade des douleurs ou des problèmes, qui ne sont pas forcément ceux que nous ressentons ; mais tu comprends cela, pour l'avoir été.

Je ne peux guère lui cacher les rictus liés à mes souffrances. J'ai voulu me lever et suis tombé sur un genou, sans me faire mal, j'en riais presque, mais j'ai eu de la peine pour elle. L'infirmière nous a aidé et m'a grondé un peu, surtout à minuit passé, les risques sont plus alarmants, ma femme est sortie dans le couloir.

La psychiatre est venue me parler, me demandant ce qui avait fait que je veuille me lever. Pas d'explications à fournir, surtout après la nuit passée, je n'y pensais même plus. Elle m'a demandé si j'aimais marcher et faire du sport, comme pour tester ma volonté, je ne parle pas d'énergie. Elle m'a souligné qu'en réalité nous n'avions pas forcément l'oubli de l'effort, mais que l'habitude d'en avoir fait, contribue à des besoins irréfléchis. Mes antériorités physiques et morales avaient une survie, liée à mon cerveau, qui n'acceptait pas mon état végétatif. Elle m'a demandé si j'étais discipliné à l'école, ou si de recevoir des ordres me faisait réagir négativement, si mon tempérament était de refuser, plutôt que d'accepter, puis discuter ensuite. En quelque sorte le test allait jusqu'à la possibilité de me contraindre, probablement la nuit, pour que je ne fasse pas d'imprudence, tout en voulant me protéger contre moi-même, avec en partie mon assentiment.

Du coup je me suis raisonné, pas tant pour moi, mais pour que ma femme ne s'inquiète pas, ne vive pas une fébrilité, dans l'attente du pépin. Comme me l'a dit la futée psy, je devais penser à des choses relaxantes, comme la musique, un bon morceau de blues ou une sonate de Schubert, je préfère ses valses.

Bien sûr ces cheminements intellectuels, s'accomplissaient encore, puisque j'avais pratiqué la musique et ses instruments, j'y naviguais avec aisance. En quelque sorte je contrôlais à peu près mes neurones, tout au moins ceux qui n'étaient pas abîmés.

Demain

Hier je me croyais presque guéri. Toujours les mêmes douleurs, mais atténuées, j'ai pu manger. Enfin ce qui peut s'appeler ainsi, ici, puisque j'ai bu du bouillon sans avoir envie de le rejeter, des morceaux de pêches et avant de la brebis en yaourt. J'avais envie de sortir, d'aller dehors, sentir le vent et la chaleur, respirer autrement, sentir mes pieds sur le sol, nu les pieds, je n'avais pas pensé les habiller de chaussons.

Ces moments de délire sont accompagnés de rêves parfois déroutant, celui de cette nuit n'en finissait pas, et pourtant il ne se passait rien. Je suivais une jeune femme, tout au moins ce que je ressentais, elle s'approchait d'une île et d'une autre femme. Cette île n'avait pas de bleu ou de turquoise, elle était enveloppée de brumes légères mais persistantes, diffusant une lumière diaphane. Seule la femme était dans le clair, elle aussi vêtue vaporeusement, s'envolant plus qu'elle ne marchait, tant ses pas étaient légers. Elle avait des gestes et une démarche aérienne, se perdant dans les nuées de cette île, son visage nous regardait fixement, agrémenté d'un sourire lumineux. Le bleu-vert de ses yeux était joyeux de milles éclats clairs et chaleureux. Elle avait cette douceur qui nous attirait, bien que plus la jeune femme avançait, plus l'apparition s'éloignait.

Un véritable jeu de cache-cache, avec cette beauté souriante qui nous invitait. J'ai cru un moment qu'elles se connaissaient, comme si elles conversaient par signe, mais le visage de la jeune m'était caché, sa chevelure éparpillée, longue et décoiffée. Elle semblait vouloir toucher les doigts et les mains de la femme, allongeait ses bras, grandissait ses mains, l'autre s'éloignait dans une volute embrumée. Cette île ne semblait pas exister comme une terre ou un lieu de vie, n'était pas arborée, ni plage, ni cocotier ou pin maritime, irréelle mais combien présente.

Je voulais aider cette jeune femme, sans aucun moyen de communiquer ni de la toucher, je restais figé, spectateur impuissant. Combien j'aurais aimé qu'elle soit satisfaite d'un moment de bonheur, qu'elle rejoigne celle vers qui elle se tendait de tout son être. Et puis la femme m'a regardé, avec des yeux suppliants, dans un regard d'une grande douceur, secouant la tête qu'elle avait sans cheveux, me disant non, d'un sourire charmeur et délicat, et elle disparut dans mon réveil.

Je me suis dit qu'il y a des îles à ne pas atteindre. Tout semble fait pour que le plaisir s'accompagne d'une autre volonté, celle qui te prend le cœur et la main. Une île n'est jamais perdue, son naufragé oui. Quel est donc mon premier naufrage, celui de l'être humain qui vient de naître, quittant ce nid douillet, l'île de sa mère. Dans cette nouvelle vie, puisque la précédente fut en vase clos, l'enfant va chérir et pétrir le sein nourricier, s'attachant à cette odeur maternelle.

Quand il y a des jumeaux ce naufrage équivaut à une séparation tragique, puisqu'ils viennent de crier de douleur, l'air qu'ils respirent, mais aussi la perte du contact charnel. Comment communiquaient-ils, sinon par les pieds et les mains. Ce rôle préhensile soudain supprimé, ils vont le chercher, le désirer, surtout si l'un d'eux ne survit pas. Celui qui reste créé son île, sans l'autre, mais avec son souvenir tactile. Il va le rechercher vers sa mère, celle qui ressemble à l'absente, qui les a hébergé quelques temps, mais n'offre plus qu'à un seul, sa partie d'île féminine, ses mains. Elles le caressent et le bercent, le lavent et le crèment, le prennent et le soulèvent, l'assoient sur ses cuisses, et donnent les mains à celles de l'enfant, qui ne veut plus les quitter, les saisit et les embrasse, compte et décompte chaque doigt, dans un manège infini. Que retrouve-t-il, que recherche-t-il, peut-être ce qu'il avait eu avec sa sœur ces moments de complicité, et davantage encore.

Nous créons tous notre île, elle nous tient compagnie le restant de notre vie. Elle s'agrandit et s'alourdit, reste vigilante et reçoit, prend tout et nous le distille, à nous de savoir reconnaître ce qui va convenir pour la suite et le présent. Il n'y a que des lendemains et l'immédiat reste fugace, mais nous ressentons le besoin de nous y retirer, quelquefois s'y replier, enfin s'y reposer, s'approcher du bord sans le voir mais le ressentir, jusqu'à ce qu'on la quitte.

C'est je crois ce que je vis entre ces murs sans ouvertures, je reprends mon île, celle de l'enfance puis celle de ma vie, les alentours deviennent abstraits, je ne peux plus rien maîtriser. Je vais ranger mon île. Je l'avais réuni à deux, nous avions cette belle terre en océan affectif, ayant produit des bourgeons et des fruits, je suis le morceau qui s'en va, elle continuera de flotter, avec la main qui nous a réuni, que je ne tiendrai plus demain.

Toujours et tout jour.

Lumière du matin, soleil ou nuées, pluies ou vents, qui éclairent les journées. Lumière du soir, ses ampoules et ses néons, artifices humain qui prolongent dans la nuit, un semblant de vie.

Allongé au fond de mon lit, l'oreiller me soutient, ma tête ne peut plus se porter, les yeux oublient de s'éveiller, la fenêtre reste fermée.

Les bruits s'estompent, tout se confond, les gens qui passent et parlent, je ne sais plus à qui. Probablement à mon île, mais elle ne retient plus la charge, elle plie sous ce poids, et laisse glisser vers l'infini, ce qu'elle n'a plus de mes envies.

Elle dit adieu, moi je ne sais plus.

Robert Onteniente

Clair obscur

L'éblouissement n'engendre pas d'ombre.
Que serait la vision des choses sans ombre ?
Alors que tout être deviendrait très sombre
Aucune lumière venant lui ôter cette pénombre.

Ce matin là il partit, marchant, face à l'aube naissante
Se disant qu'il ne reviendrait qu'aux prémices du couchant,
Tel un tournesol attiré par cette clarté dominante.
Fit demi-tour dès qu'il en ressentit les effets chaleureux,
Jusqu'à ce qu'elle s'atténue lentement vers l'occident.
Sur le point d'arriver, il eut l'ennui du lumineux.
De toute la journée, dans la campagne et les villages,
Dégustant la splendeur des arbres s'allongeant au sol,
Appréciant de se mettre à l'abri sous les halles du village.
De quelle joie ou quelle tristesse, était-il animé, sur son chemin,
Allant le nez au vent, sans jamais baisser son regard un instant.
Soudain il se dit qu'il n'avait pas vu son ombre de toute la journée,
Pourquoi était-il aussi distrait, regard porté vers celle des autres.
Est-elle si proche et commune, au point de s'en désintéresser,
Voire même la ressentir, à ses côtés, sur un mur ou à ses pieds,
Rien ! Aurait-elle peu d'importance, elle est de lui, son autre,
Il la retrouve tous les jours, elle s'éteint les soirs sans lune.
Avoir parcouru tout en la côtoyant, sur ce long chemin,
Pas un moment, s'accorder le temps, de lui dire « salut »
Ne pas lui parler de son soleil bienfaisant, resté dans la lune,
Tendre un bras affectueux et s'asseoir sur le bord du talus.
Lui annoncer le plaisir et la joie de la revoir demain matin.

On oublie trop souvent celle qui nous côtoie et nous aime,
On cherche une ombre, quand il nous manque le soleil,
Ce que nous avons perdu, ne revient pas à notre réveil,
Chérissons et fleurissons ce vivant qui anime et nous aime.

Robert Onteniente

© 2019, Robert Onteniente , Joséphine Onteniente

Éditeur : BoD – Books on Demand
12/14 rond-point des Champs Élysées, 75008 Paris, France
Impression : BoD – Books on Demand, Norderstedt, Allemagne

ISBN : 978-2-322-18498-9
Dépôt légal : octobre 2019